Hobbit Presse/Klett-Cotta

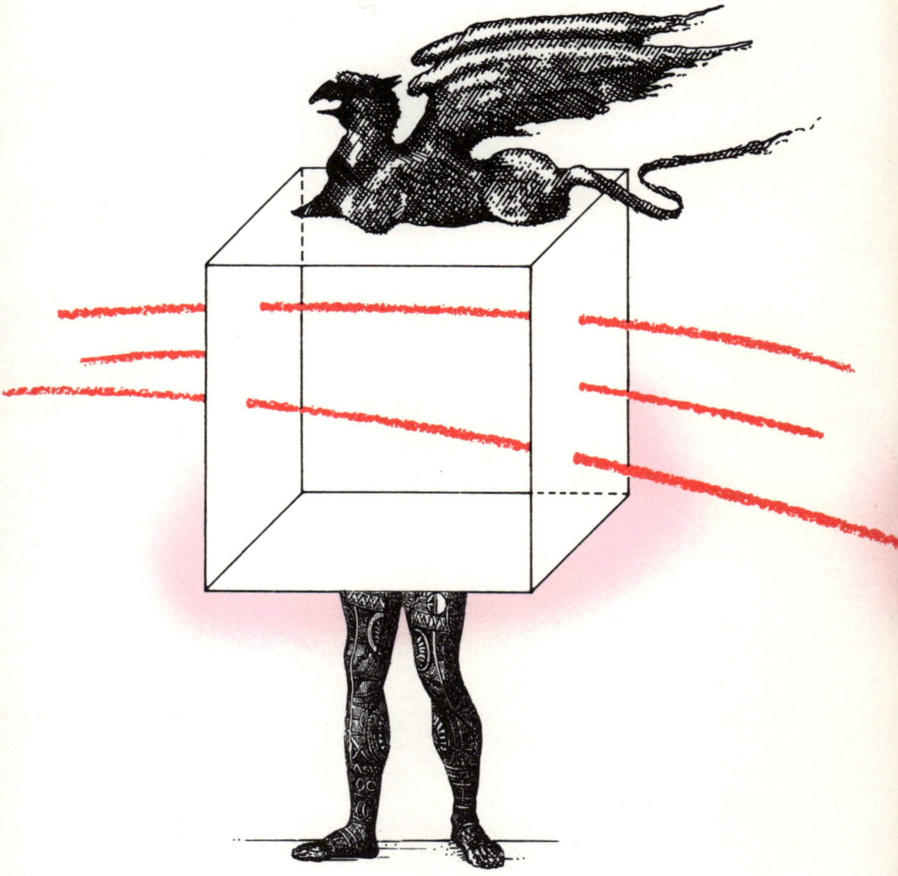

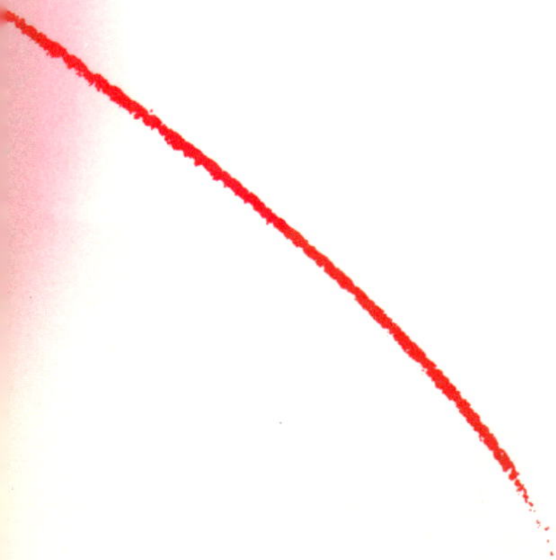

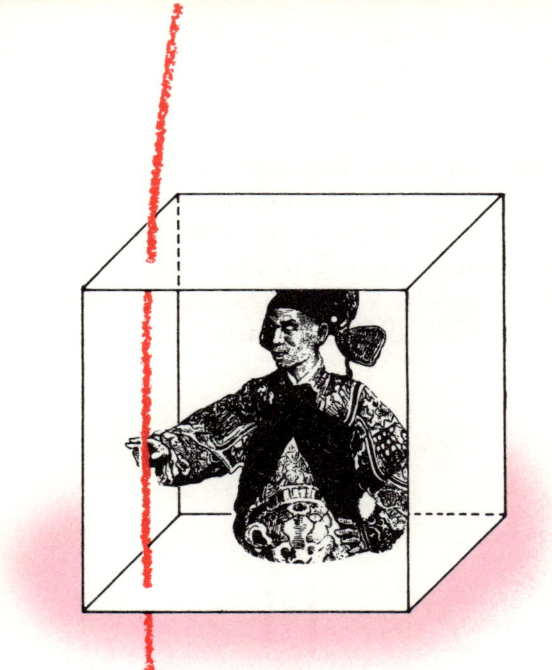

Charles G. Finney Doktor Laos großer Zirkus

Aus dem Amerikanischen übersetzt von
Joachim Kalka.
Die Originalausgabe erschien
unter dem Titel »The Circus of Dr. Lao«
im Verlag The Viking Press, Inc., New York

Printed in Germany 1984.
Design: Dietrich Ebert
Im Filmsatz aus der »Goudy« von
typeshop, München gesetzt.
Der Offsetdruck und die
buchbinderische Verarbeitung
erfolgte bei Wilhelm Röck, Weinsberg.
ISBN 3-608-95165-2

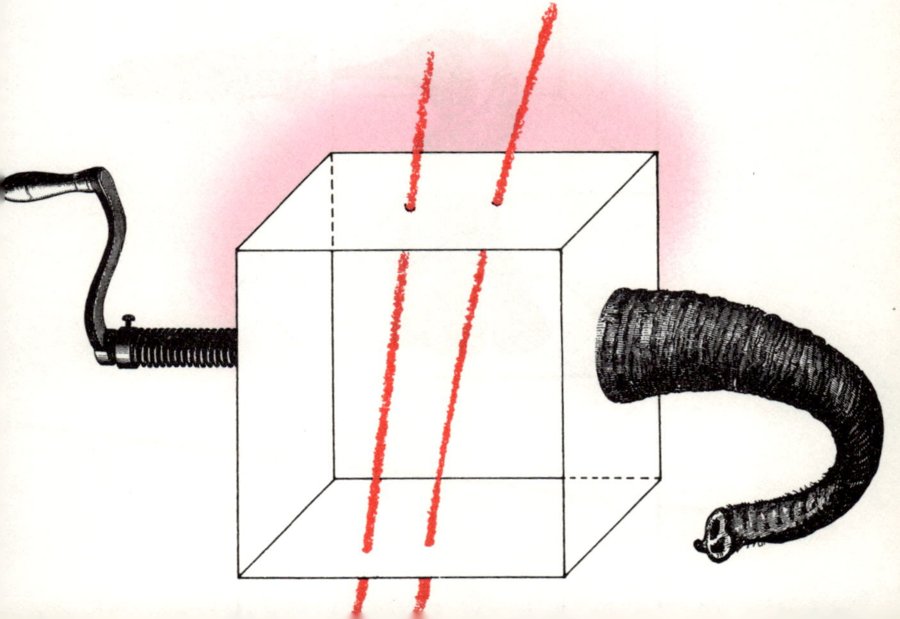

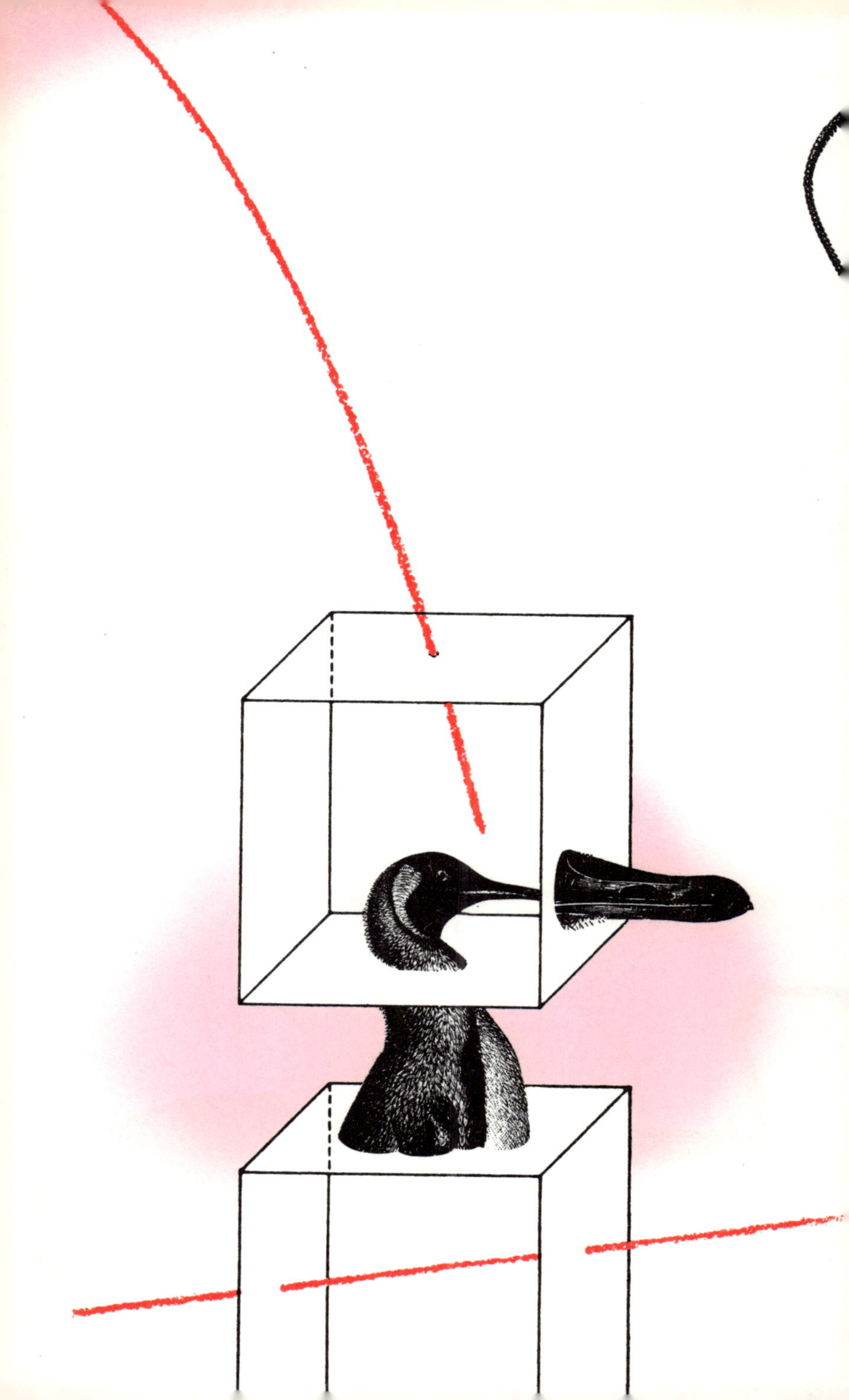

I Die männlichen Personen

II Die weiblichen Personen

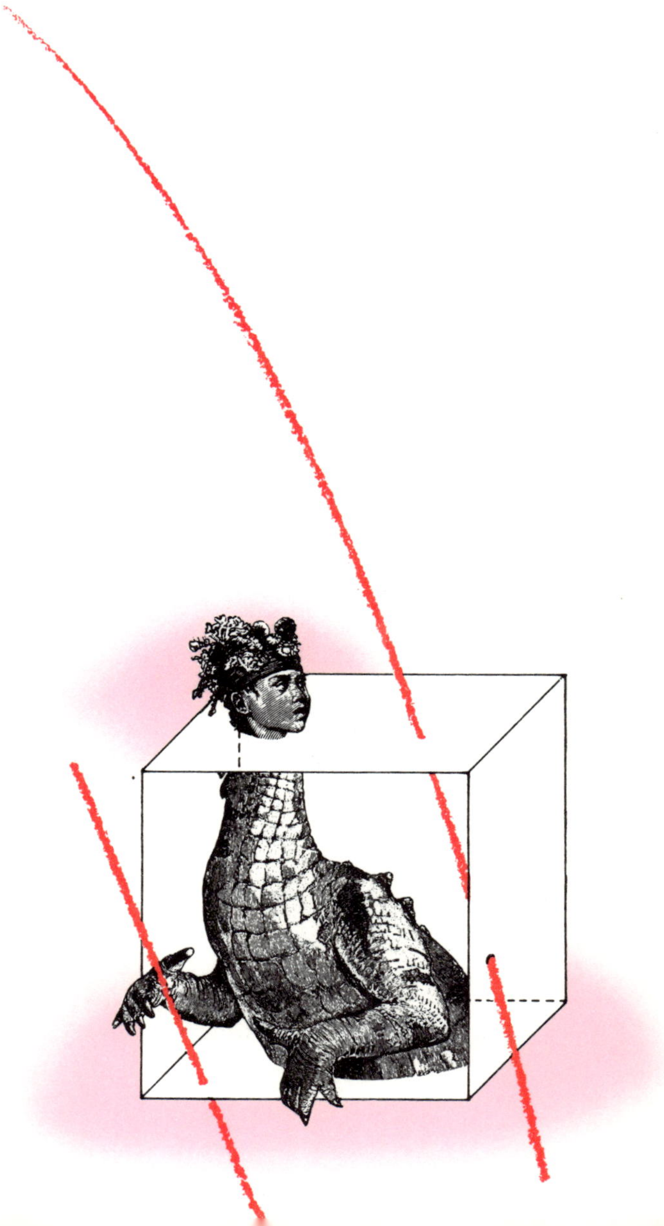

III Die Kinder

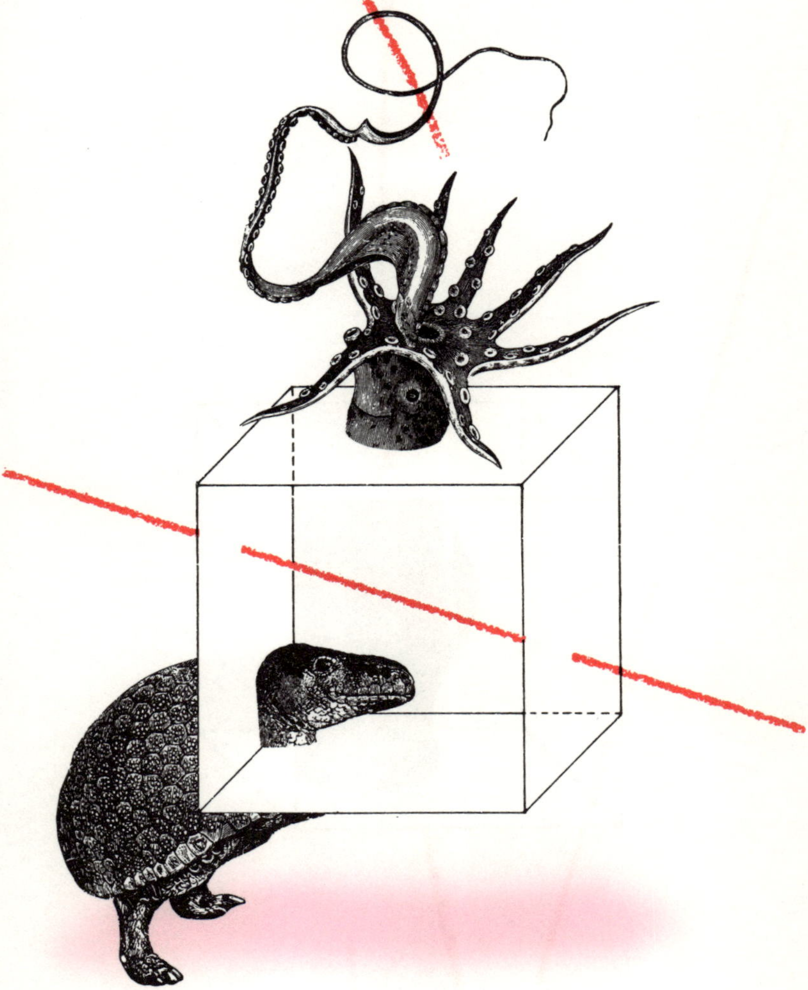

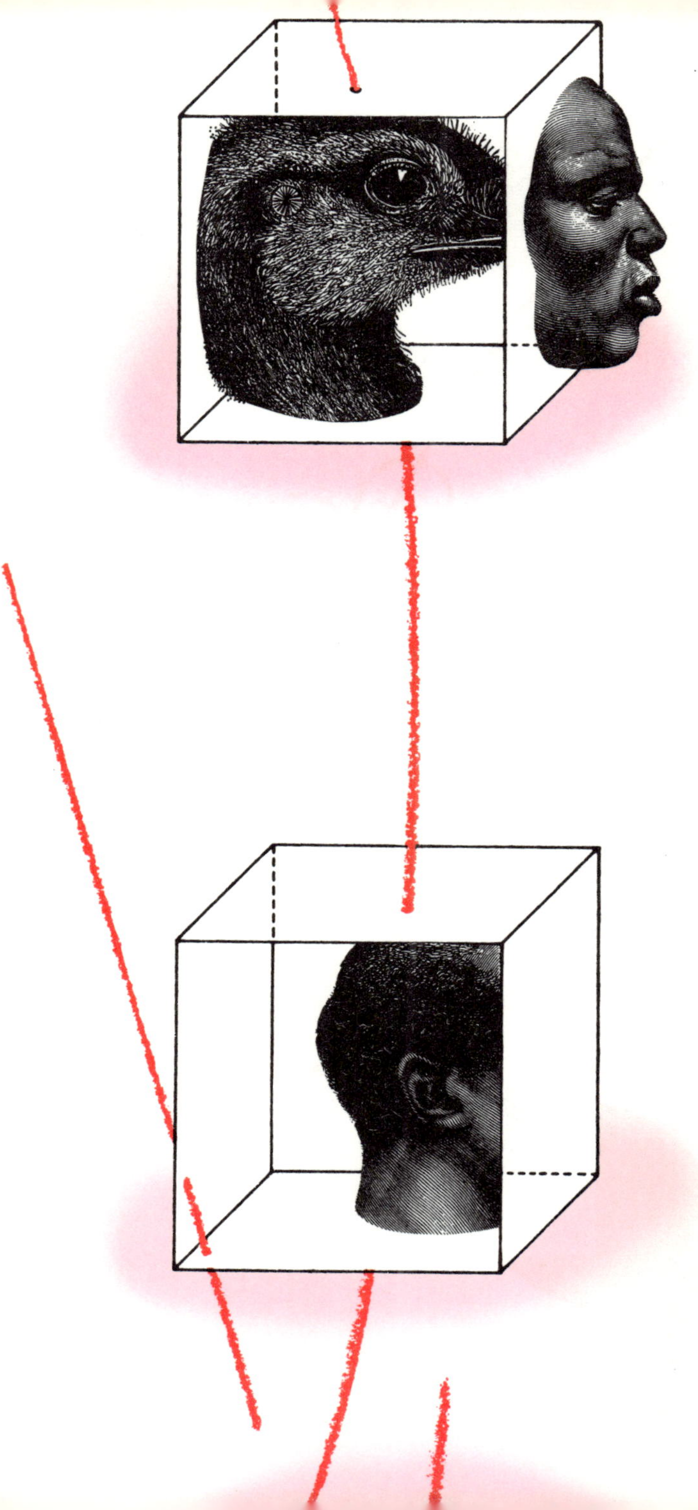

IV Die Tiere
V Die Götter und Göttinnen

VI Die Städte

VII Die Statuen, Figurinen, Artefakte und Idole

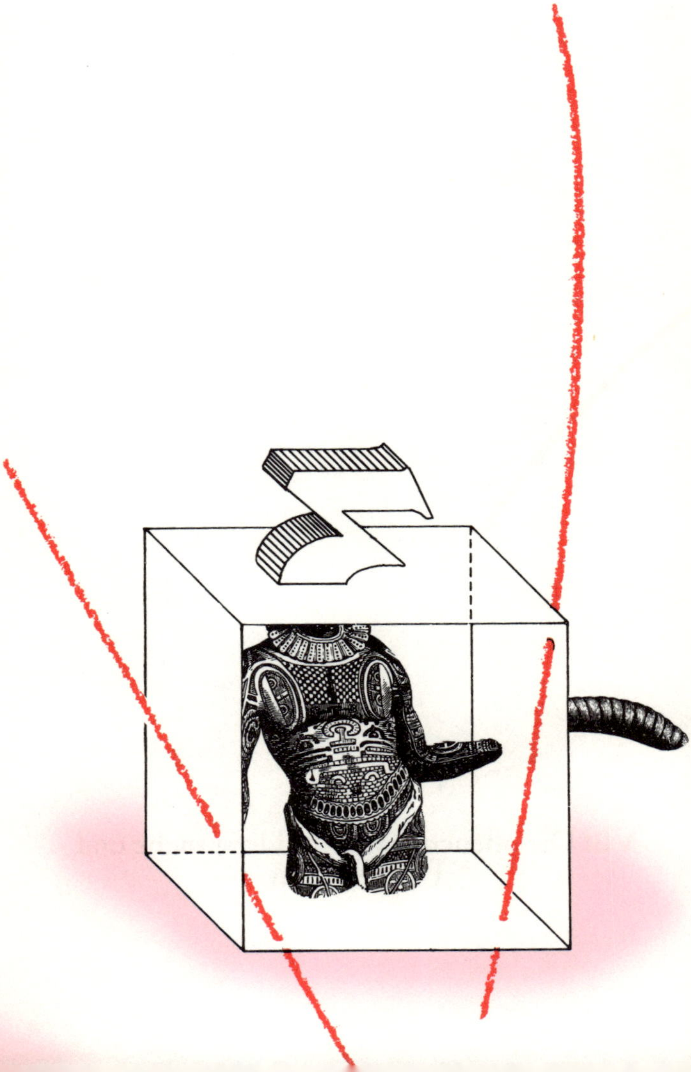

VIII Die offenen Fragen, Widersprüche und Unklarheiten

IX Das Essen

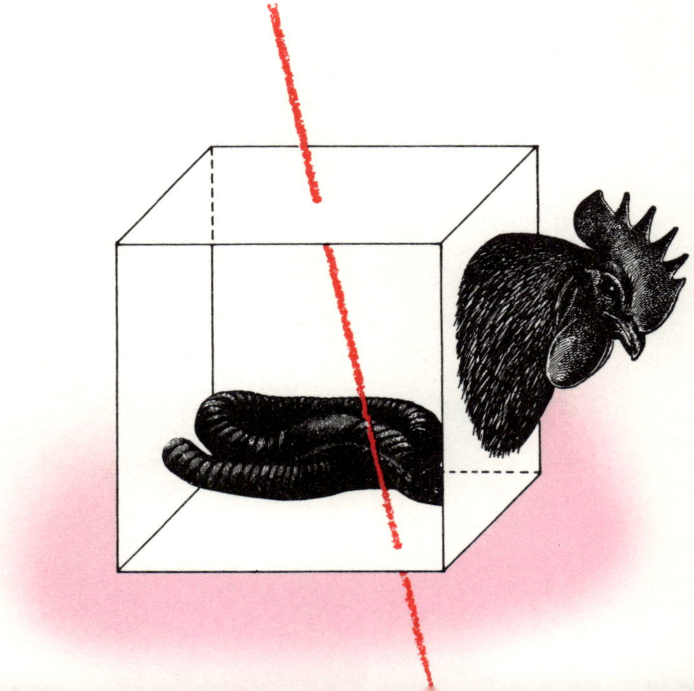

Am dritten August erschien in der *Abalone Morning Tribune* (Abalone, Arizona) auf Seite fünf eine Anzeige, acht Spalten breit und einundzwanzig Zoll hoch. In Schriftgraden von Nonpareille bis zur Sechsundneunzig-Punkt-Schrift verkündete die Anzeige, daß an diesem Tag in Abalone ein Zirkus stattfinden würde, daß dessen Zelte sich auf einem freien Feld am Ufer des Santa-Ana-Flusses ausbreiten würden, einem kahlen Fleck im Wuchs der Stadt, umgeben von Häusern und Wohnstätten aller Art.

In blumigster Sprache stellte die Anzeige Behauptungen auf, vor denen vielleicht selbst der große Phineas Taylor Barnum zurückgeschrocken wäre. Sie schrieb dem weiblichen Teil des Ensembles der Show eine Schönheit zu, der kein goldenes Zeitalter der Anmut und Körperkultur gleichkommen konnte – die menschliche Vorstellungskraft konnte keine Frauen erstehen lassen, schöner als die faszinierenden Geschöpfe dieses Zirkus. Und wenn man die ganze Menschenrasse auf Schönheit züchtete, wie die ganze Rasse des Jerseyrindes auf die Produktion von Butterfett, selbst dann entstünden keine lieblicheren Frauen als die, welche diese Show schmückten... Nein! dies waren die schönsten Frauen der Welt – der ganzen Welt, nicht nur der heutigen, sondern der Welt, seit die Zeit begonnen hatte, und der Welt, solange die Zeit ihren Lauf nehmen wird.

Auch waren die wilden Tiere, die der Zirkus vorführte, keinesfalls weniger außergewöhnlich als die Mädchen. Keine Elefanten, Tiger, Hyänen, Affen, Eisbären, Nilpferde – das hatte jedermann, wieder und wieder, zu sehen bekommen. Der Anblick eines afrikanischen

Löwen war heute so banal wie der eines Flugzeugs. Doch hier waren Tiere, die kein Mensch je zuvor gesehen hatte; Tiere, wilder als in den wildesten Träumen; Schlangen, listiger, als die größte Raffinesse sie erdenken könnte, seltsame Kreuzungen jenseits der Alpträume der Phantasie.

Des weiteren würden sich auf der langen, von den Zirkuswagen und -zelten gebildeten Straße eine Fülle von Sideshows öffnen, wo ein Panoptikum merkwürdiger Geschöpfe des Zwischenreiches sich zeigen würde, makabre Trophäen uralter Eroberungen, wiederauferstandene Giganten des Altertums. Keine Dicken Damen, Liliputaner oder Lebende Skelette, sondern echte, authentische, tatsächliche Freaks, Abnormitäten, die hysterischen Hirnen, nicht genetischen Defekten ihre Entstehung verdankten.

Ferner würde an dieser Hauptstraße des Zirkus ein Wahrsager anzutreffen sein. Keine in gebrochenen Sätzen parlierende Zigeunerin, keine fette Blondine, die törichten Kram über einen dunklen Herrn in Ihrem Leben murmelt, kein Swami im Turban, der einen mit den Konstellationen des Himmels betrügt – nein, dieser Wahrsager würde nicht einmal sichtbar sein, viel weniger noch die Hand des Besuchers ergreifen und Platitüden über seine Lebenslinien sagen. Anonym hinter dem Schleier seines Geheimnisses würde er zu einem sprechen, würde die vorbestimmten Dinge bei ihrem Namen nennen, welche mit den sich entfaltenden Jahren in das Leben des Fragers treten würden. Und man solle gewarnt sein: Nur dann möge man das Zelt betreten, wenn man wirklich die Wahrheit über die eigene Zukunft erfahren wolle, denn unter keinen Umständen log er jemals über das, was eintreten würde (noch war es möglich, nachdem man die Zukunft in Erfahrung gebracht hatte, irgendeinen ihrer unerfreulichen Züge irgendwie abzuwenden). Er würde es jedoch auf jeden Fall ablehnen, irgendwelche Voraussagen politischer oder internationaler Natur zu machen. Er war dazu natürlich ohne weiteres in der Lage, aber die Direktion hatte entdecken müssen, daß solche Prophezeiungen – unausweichlich wahr, wie sie nun einmal waren – des öfteren schon von skrupellosen Bankiers und Politikern zu ihrem eigenen unfairen und unwürdigen Vorteil mißbraucht worden waren: so daß das, was für die Menschheit bestimmt gewesen war, dem Nutzen des einzelnen anheimfiel, was ethisch nicht zu rechtfertigen war.

Und es gab, nur für Herren, eine Peepshow. Sie hatte eher didaktischen als pornographischen Charakter. Sie versprach keine hermaphroditischen Ziegen oder brünstigen Ponyhengste, die nach Frauen gierten. Noch irgendwelche abgegriffenen Striptease-Nummern. Jedoch – aus den erotischen Dramen und Träumen längst untergegangener Zeiten war hier eine Gestalt erwählt worden, dort eine Episode, eine flüchtige Vision dort, die alle zusammen eine Wirkung hervorriefen, die kein gewöhnlicher Mann in einer langen Reihe Tage vergessen würde (oder, was das angeht, an die er sich gerne allzu eindringlich erinnern würde). Wegen der völlig einzigartigen Atmosphäre dieses Teils des Zirkus würde der Zutritt auf Männer beschränkt bleiben, die das Alter von einundzwanzig Jahren überschritten hatten, vorzugsweise verheiratete Männer. Keinesfalls Zutritt für Besucher in alkoholisiertem Zustand.

Im großen Hauptzelt würde dann die eigentliche Vorstellung – in sich selbst unsäglich unterhaltend, voll bunter Auftritte und denkwürdiger Szenen – mit einem staunenerregenden Spektakel enden. Vor Ihren Augen würde die längst verschollene Stadt Woldercan wieder errichtet werden, und der schreckliche Tempel ihres fürchterlichen Gottes Yottle. Und vor Ihren Augen würde die Zeremonie des lebenden Opfers an Yottle ihren Lauf nehmen: Eine Jungfrau würde geweiht und getötet werden, um diese Gottheit zu besänftigen, die selbst vor Bel-Marduk schon gedauert hatte, und die erste und mächtigste von allen Göttern war, und die, welche am wenigsten verzieh. Elftausend Menschen würden an dem Spektakel teilnehmen, alle in die Tracht des alten Woldercan gekleidet. Yottle selbst würde erscheinen, während die Gläubigen anbetend die Musik der Sphären sangen. Blitz und Donner würden die heiligen Handlungen begleiten, und möglicherweise würde ein kleines Erdbeben eintreten. Alles in allem war es das Größte, was man je in einem Zirkuszelt auf die Beine gebracht hatte.

Eintritt 10 Cents für das Zirkusgelände. 25 Cents zum Hauptzelt; kleine Kinder auf dem Arm gratis. 10 Cents Eintritt für die Sideshows. 50 Cents Eintritt für die Peepshow. Große Zirkusparade um 11 Uhr. Öffnung um 2 Uhr, Beginn der Vorstellung im Großen Zelt 2 Uhr 45. Abendvorstellung 8 Uhr. Treten Sie näher. Die größte Show der Welt.

Der erste, dem an der Anzeige etwas Merkwürdiges auffiel, von ihren unverfrorenen Behauptungen abgesehen, war der Korrektor der *Tribune,* der sie am Vorabend ihres Erscheinens auf Druckfehler durchsah. Für Mr. Qwertz war eine Anzeige eine Anzeige – ihm, dem Korrektor, nur eine Menge von Wörtern, die durchzusehen war, ob sie Fehler enthielt: formale, inhaltliche, ein Zuwenig oder Zuviel. Und seine peinlich genauen, astigmatischen, brillenverstärkten Augen tanzten über die Typographie dieser ganzseitigen Anzeige, bei der Entdekkung eines Rechtschreibfehlers oder einer Verhebung lang genug innehaltend, damit der Bleistift am Rand des Bürstenabzugs die Kalamität vermerken konnte, um dann durch die Reihen der Wörter hindurch bis zum Ende weiterzutanzen. Nachdem er die Anzeige durchgelesen und das zu Korrigierende korrigiert hatte, hielt er sie mit ausgestrecktem Arm vor sich hin, um die größeren Typen nochmals zu lesen und sich zu versichern, daß er bei der ersten Lektüre nichts übersehen hatte. Und wie er das Ding aus dieser Perspektive betrachtete, entdeckte er, daß es anonym war, daß es endlos über die Wunder der Show schwatzte, aber nie erwähnte, wem diese gehörte, daß kein einziger Name in all dieser Überfülle von Beschreibung auftauchte.

»Irgendwas stimmt nicht«, überlegte Mr. Qwertz. Und er nahm das Blatt mit der Anzeige zum Anzeigenredakteur der *Tribune*, um sich Rat und Hilfe zu holen.

»Schaun Sie mal«, sagte er zu diesem Herrn, »da haben wir eine ganze Seite Rhabarber über irgendeinen Zirkus, und kein Wort, wem der Zirkus gehört. Ist das so in Ordnung? Soll das so in die Zeitung? Im allgemeinen sind diese Zirkusdirektoren scharf drauf wie die Rasiermesser, daß ihr Name überall hingepinselt wird.«

»Mal sehen«, sagte der Redakteur und nahm sich die Anzeige. »Bei Gott, das ist schon komisch. Wer hat die eigentlich verkauft?«

»Auf dem Formular steht der Name von Steele«, bemerkte der Korrektor.

Anzeigenacquisiteur Steele wurde gerufen.

»Sehen Sie mal hier«, sagte der Redakteur, »in dieser Anzeige da gibt's keinen Namen und nichts. Was ist damit?«

»Ja, Sir, ich weiß nicht«, sagte Steele vage. »Ein kleiner alter Chinese hat mir den Text heute morgen reingebracht, hat bar bezahlt und hat gesagt, genauso sollen wir's bringen, wie's da steht. Er hat gesagt, mit den Typen und so das überläßt er uns, aber der Text muß genauso stehen, wie er ihn hat. Ich hab gesagt, das geht in Ordnung, das Geld genommen und die Anzeige, und mehr weiß ich nicht. Aber ich glaube, so will er's haben. Er hat das so nachdrücklich gesagt, daß wir ja nichts ändern sollen.«

»Ja, gut. Aber will er nicht irgendwo seinen Namen drinhaben?« fragte der Korrektor hartnäckig.

»Nicht die leiseste Ahnung«, sagte Steele.

»Lassen wir's laufen, wie's jetzt steht«, entschied der Redakteur. »Wir haben das Geld. Bei jedem Geschäft die Hauptsache.«

»Muß schon eine Show sein«, sagte der Korrektor. »Habt ihr das Zeug hier gelesen?«

»Nee, hab's nicht gelesen«, sagte Steele.

»Hab seit zehn Jahren keine Anzeige mehr gelesen«, sagte der Anzeigenredakteur. »Ich schau sie bloß so an, so drüber; lesen tu ich sie nicht.«

»Also dann«, sagte Mr. Qwertz, »geht rein, wie es ist. Sie sind der Chef.«

Die nächste, der etwas Ungewöhnliches an dieser Anzeigenseite auffiel, war Miss Agnes Birdsong, die Englischlehrerin der High School. Zwei Wörter beschäftigten sie: pornographisch und hermaphroditisch. Sie wußte, was Pornographie war, da sie das nach der Lektüre einer Besprechung von Cabells *Jurgen* nachgeschlagen hatte. Aber »hermaphroditisch« blieb ein Rätsel. Sie glaubte, einen Verdacht zu haben, annehmen zu können, was es bedeutete; sie entdeckte die Schatten des Gottes und der Göttin, doch ihre adjektivische Vermählung verwirrte sie. Sie sann nach und griff dann zu ihrem Wörterbuch. Das konnte man von einer Wächterin über die Sprache verlangen. Die Definitionen waren informativ; zusätzliches Wissen macht nicht immer traurig. Sie kehrte zu der Anzeige zurück und fragte sich wieder, welchen Eindruck wohl eine flüchtige Vision, durch ein Guckloch betrachtet, hinterlassen würde. Sie überlegte, wie in einem stickigen Zirkuszelt ein erotischer Traum eines schon längst untergegangenen Tages heraufbeschworen werden würde. Einen Augenblick lang wünschte sie, sie wäre ein Mann. Sie spielte mit dem Gedanken (den sie rasch liquidierte), sich als Mann zu verkleiden und diese Peepshow zu besuchen. »Ich werde mir die Zirkusparade ansehen«, beschloß Miss Agnes Birdsong: ein Kompromiß.

Die Kinder von Rogers, dem Klempner, stießen bei der Suche nach den Comics auf die Anzeige. Es war ein ungeheures Ereignis. Ein Zirkus in der Stadt, an ebendemselben Tag, und sie hatten nicht einmal gewußt, daß er kommen würde. Eine Parade, in zwei Stunden, die nur zwei Häuserblocks entfernt vom Haus der Rogers vorbeiziehen würde. Clowns. Elefanten. Tiger. Das große Orchestrion. Die Zirkuskapelle. Pferde. Trompetenfanfaren und Uniformen. Das grelle Gelb von Abalone wurde für die Kinder von Klempner Rogers zu einem goldenen Leuchten, denn ein Zirkus war in die Stadt gekommen.

»Jetzt werdet mir nicht alle ganz aufgeregt, Kinder«, sagte der Klempner beunruhigt. »Ich weiß noch nicht, ob ihr hingehen könnt oder nicht.« (Er war seit dem ersten Tag der großen Wirtschaftskrise arbeitslos.) »Ich glaube, das ist so oder so kein besonderer Zirkus.«

Er nahm sich die Zeitung und las selbst die Anzeige durch… Elftausend Menschen würden an dem großen Spektakel teilnehmen… »Na, was für ein gottverdammter Schwindel!« sagte Klempner Rogers. »Soviel Leute gibt's ja kaum in ganz Abalone.«

»Ach John«, sagte Mrs. Rogers peinlich berührt, »so solltest du nicht vor den Kindern reden.«

Aber John hörte sie nicht, er las von den Frauen in dem Zirkus.

»Will dir mal was sagen, Sarah – da gehn wir hin«, sagte er. »Die Kinder haben schon lang nichts mehr zu sehen gekriegt. Vielleicht ergibt sich bald was mit der Arbeit. Die schlechten Zeiten können jetzt nicht mehr lang dauern.«

Um neun Uhr las der Polizeichef die Anzeige. Er wandte sich an den diensthabenden Sergeanten. »Sagen Sie mal, ich wußte überhaupt nichts davon, daß heute ein Zirkus in der Stadt ist. Haben Sie das gewußt?«

»Nee«, sagte der Sergeant. »Mir sind so Zirkusse auch egal, ich war seit meiner Kindheit nicht mehr… Hab die verdammten Zirkusgeschichten auch nie besonders leiden können.«

Der Chef rief auf dem Rathaus an. »Sag mal, dieser Zirkus, der da heute in der Zeitung steht. Weiß ich nicht das Geringste davon, außer dem, was ich jetzt lese. Haben die eine Genehmigung, oder wie ist das?«

Er lauschte eine Weile. »Ja… ja… nein… ja, möglich… weiß ich doch nicht… ja… nein… na klar doch… ja… ja… nein… mhm. Mach's gut.«

»Also?« sagte der Sergeant.

»Der behauptet, ein alter Chineser wär grade eben vor Torschluß gestern abend noch vorbeigekommen und hätte sich eine Genehmigung geholt. Sagt, der Chineser hätte die schriftliche Einwilligung des Grundstücksbesitzers vorgelegt, daß er das leere Stück Land für seine Show haben kann.«

»Also?« sagte der Sergeant.

»Also, schicken Sie heut nachmittag ein paar Jungs rüber, die sollen sich den Laden ansehen«, sagte der Chef. »Ist wohl schon in Ordnung, aber irgendwie doch merkwürdig. Haben Sie das schon jemals gehört, daß ein Chineser einen Zirkus hat?«

»Ach was, mir sind Zirkusse doch egal, seit ich ganz klein war«, sagte der diensthabende Sergeant.

Ein Bahnbeamter las die Anzeige um halb acht, während des Frühstücks, kurz bevor er zur Arbeit ging. Hinter einem seiner Ohren dräute verführerisch ein Pikkel, reif zum Aufdrücken. Sein Haar war ziemlich stumpf und ziemlich dünn, unordentlich, ziemlich braun, und sollte eigentlich noch etwas gekämmt werden. Sein Fleisch war weder jung noch alt, jedoch älter als jung, eher abstoßend als verführerisch. Kannibalen hätten ihn möglicherweise verzehrt, schiffbrüchige Seeleute auf keinen Fall. Eine Frau ohne besonderes Urteil hätte ihn vielleicht geliebt, eine Königin vom Film niemals. Er war kein besonders fähiger Bahnbeamter; vielleicht wäre er selbst als Versicherungsvertreter gescheitert. Der Himmel mochte ihn möglicherweise trösten: die Welt niemals. Manchmal fragten sich seine beiden kleinen Söhne, wie seine Hände wohl in Handschellen aussehen würden, seine Füße in Ballettschuhen, seine Nase in einem Maßkrug. Er las die Anzeige unruhig und bemerkte gereizt zu seiner Frau:

»Da wäre also ein gottverdammter Zirkus hier in der Stadt. Aber mit der Bahn ist er nicht gekommen, die müssen ihre eigenen Lastwagen haben. Wieder ein Geschäft, das uns rausgeht. Und es geht uns weiß Gott genügend raus, immer mehr. Bevor du dich umschaust, brauchen sie auf der Strecke hier keine Leute mehr, und was zum Teufel sollen wir dann machen?«

»Ach du, fang doch nicht an, dich zu sorgen«, sagte seine Frau, »bis du wirklich Grund dazu hast.«

Ein Quarantäneinspektor kehrte von seiner Nachtwache in der Kontrollstation zurück, die der Bundesstaat draußen auf dem Highway nach Kalifornien eingerichtet hatte, und traf beim Frühstück im Restaurant einen Kollegen von der Station auf dem Highway nach New Mexico. Sie entdeckten die Anzeige in der Zeitung des Restaurants.

»Hast du letzte Nacht bei dir einen Zirkus durchkommen sehen?« fragte Inspektor Nr. Eins.

»Nee, war nix«, sagte Inspektor Nr. Zwei.

»Bei mir auch nicht. Muß mit der Eisenbahn rübergekommen sein. Wenn du heut nachmittag sonst nichts vor hast, dann laß uns doch hingehen und das verdammte Ding anschaun.«

»Ist mir recht«, sagte Inspektor Nr. Zwei. »Ich mag die gottverdammten Dinger irgendwie.«

Ein Rechtsanwalt, der sich etwas auf seine geschichtlichen und religionswissenschaftlichen Kenntnisse zugutehielt, las die Anzeige und stockte bei der »längst verschollenen Stadt Woldercan« und dem »fürchterlichen Gott Yottle«. Er schritt zum Lexikon, um seinem Gedächtnis nachzuhelfen. Weder Stadt noch Gottheit waren verzeichnet. Bei Bel-Marduk war er sich ebenfalls nicht ganz sicher, also schaute er auch nach ihm. Bel jedoch war da. »Yottle...«, dachte der Anwalt, »Woldercan... Quatsch! Irgend jemand hat sich den ganzen Krampf ausgedacht. Wie man die Leute auf's Kreuz legt. Ich frage mich, was man sich in diesem Zirkus unter einer Gottheit vor Bel-Marduk vorstellen mag. Was denn noch alles! Ach, ich glaub, ich seh mir den Blödsinn an, schlimmstenfalls wird es zum Sterben langweilig.«

Eine Witwe, eine gewisse Mrs. Howard T. Cassan, las die Anzeige um dreiviertel zehn. »...ein Wahrsager anzutreffen sein... hinter dem Schleier seines Geheimnisses... Prophezeiungen unausweichlich wahr...« Mrs. Cassan ging zu jedem Wahrsager. Stand keiner zur Verfügung, legte sie sich die Karten oder starrte in die Teeblätter in ihrer Tasse. So oft schon hatte sie sich ihre Zukunft vorhersagen lassen, daß sie zur Erfüllung all der Prophezeiungen weitere siebenundneunzig Jahre hätte leben und dabei ein kriegsstarkes Regiment hochgewachsener dunkler Männer treffen und becircen müssen. »Ich geh hin und frage diesen Mann – nun – ja, ich frage ihn nach der Ölquelle, von der ich geträumt habe«, sagte Mrs. Howard T. Cassan.

Zwei Collegeboys von der Ostküste, Slick Bromiezchski und Paul Conrad Gordon, augenblicklich in Abalone, Arizona, nach einem Ausflug ins schöne Mexiko, lasen die Anzeige und beschlossen, den Zirkus aufzusuchen.

»Schaun wir uns die Peepshow an«, sagte Slick.

»Da kannst du was davon halten, und wir werden sie,

verdammt noch mal, sternhagelvoll anschauen«, sagte Paul. »Einem den Zutritt in alkoholisiertem Zustand zu verweigern, das ist eine Herausforderung, über die kein Mitglied der Sigma-Omicron-Beta-Verbindung hinweggehen kann.«

Mr. Qwertz, der Korrektor der *Tribune,* überflog bei seinem Frühstück um halb elf nochmals prüfend die Anzeige, um zu sehen, ob ihm in der Nacht zuvor irgendwelche Fehler entgangen waren. Keine zu finden, stimmte ihn heiter. Er betrachtete die Seite zärtlich, wußte die dramatische Hervorhebung zu schätzen, die durch den Einsatz des leeren weißen Raumes um die großen schwarzen Lettern herum erzielt wurde, lobte sich die zurückhaltende Verwendung von Kursivschriften, bewunderte die dünnen Goudy-Lettern und die Kapitälchen. Der Sinn dessen, was er besah, drang als Reiz zu ihm.

»Was das wohl für eine Show ist?« dachte Mr. Qwertz. »Ich glaub direkt, da geh ich hin.«

Mr. Larry Kamper las die Anzeige beiläufig in einem weggeworfenen Exemplar der *Tribune,* während er unter den Palmen im Park am Bahnhof lag und darauf wartete, daß ein Güterzug Abalone verließ. Larry wußte nicht, auf welchen Zug er wartete, oder in welche Richtung der fahren oder wo er aussteigen würde. Aber ihm war's gleich. Er war vor kurzem aus der Armee entlassen worden, hatte noch ein wenig Geld, war mehr oder weniger sein eigener Herr und vergleichsweise frei von Sorgen. Seine letzte feste Adresse hatte gelautet: Kompanie E, 15.

Infanterieregiment, Armeelager der U.S.A., Tientsin, China. Nach seiner Rückkehr nach Amerika mit einem Truppentransport war er in Fort Mason entlassen worden, hatte seinen gesamten ausstehenden Sold ausbezahlt bekommen, und jetzt reiste er durch den weiten Südwesten, ein ihm bisher unbekanntes Land, in Güterwagen mit allem modernen Komfort. So lag er nun unter den Palmen im Park beim Bahnhof, wartete darauf, daß ein Güterzug in der einen oder anderen Richtung vorbeikäme, und las beiläufig die Anzeige in der fortgeworfenen *Tribune*. Und siehe! Über den von der ganzen Welt müden Reisenden sank der Schatten eines nostalgischen Gefühls, und ein zitternder Gespensterschrei, aufgestiegen aus den Knochen seiner toten Jugend, schlug an sein Ohr: Er hatte seit zehn Jahren keinen Zirkus mehr gesehen. Wieder ein kleiner Junge sein, beim Anblick seltsamer Tiere zu erbeben, das einfache Erstaunen als Erregung wiederzufinden, das wäre ein Genuß, das wäre gut. Larry, der Infanterist, Larry, der betrunkene Raufbold, der Hurenjäger, das Großmaul, las die Anzeige und sehnte sich nach seiner Kindheit. Und schließlich stand er auf, fragte sich, wie spät es wohl war, und brach auf in die Richtung des Zirkusplatzes.

Nachdem er die Main Street sechs Blocks hinab gegangen war, traf Larry Kamper auf die Zirkusparade. Es wurde ihm klar, daß es für die Vorstellung noch zu früh war, und er drängte sich durch die Menge der Mexikaner an die Bordsteinkante vor, um sich die Parade anzusehen.

Beinahe hätte er bei ihrem Anblick laut gelacht. Nur drei schäbige kleine von Tieren gezogene Wagen – der erste gelenkt von einem alten Chinesen, der zweite von einem bleichen bärtigen Mann, der dritte von einem jüdisch aussehenden Typ mit einer mit Bockshörnern besteckten Mütze auf dem Kopf. Im Wagen des Chinesen lag zusammengerollt eine große graue Schlange, im zweiten Wagen lag ein Bär, im dritten ein grüner Hund.

»He!« sagte ein Mann, der neben Larry stand. »Was ist denn das Ding da, das den ersten Wagen zieht, für ein Tier?«

Larry schaute hin und sah ein Pferd, das auf der Stirn ein langes, dünnes weißes Horn trug.

»Das ist bloß so'n Schwindel«, sagte Larry. »Wie nennt man die noch? Einzelhorn... nein... Einzighörner. Nein. Einhörner, jetzt hab ich's. Ein Einhorn. Hat sich der Bursche ein Pferd hergenommen und ein Einhorn draus gemacht, indem er ihm ein Horn an den Kopf geklebt hat, schätze ich.«

»Ja, bloß, so ein Pferd, das hab ich noch nie gesehen«, sagte der Mann. »Schaun Sie sich den Schwanz an. Schon mal irgendwo ein Pferd gesehen, das so 'nen Schwanz hat wie die Kreatur da?«

»Also, ich kenn mich da bei Pferden nicht so besonders aus«, sagte Larry. »War jetzt sechs Jahre bei der Infanterie. Aber ein Einhorn ist das nicht, das weiß ich genau, weil, es gibt gar keine Einhörner, und es hat auch nie welche gegeben.«

»Na, mein Lieber, ein Pferd ist das aber auch nicht«, sagte der Mann. »Ich bin als Junge aufgewachsen mit Pferden, und ich weiß, wenn ich eins vor mir hab. Und das da ist kein Pferd.«

»Ist wohl irgendeine Mißgeburt«, sagte Larry. Und weiter sagte er: »Ja, Menschenskind, was ist denn das für ein Ding, das den letzten Wagen fährt?«

Der Mann schaute hinüber und sagte: »Na, das ist einfach ein Bursche mit einem Paar Bockshörnern auf dem Kopf. Wohl wieder ein Schwindel.«

»So einen Mann hab ich noch nie gesehen«, sagte Larry. »Schaun Sie sich die Füße an von dem!«

»Was ist denn mit dem seinen Füßen?«

»Ach – jetzt hat er sie rasch wieder runtergezogen. Einen Moment lang hat er sie oben auf dem Schutzbrett gehabt. Der hatte ganz komische Schuhe an, wenn man das noch als Schuhe bezeichnen kann. Schauen Sie mal sein Gesicht, so was schon mal gesehen?«

»Klar doch«, sagte der Mann, »jede Menge. Was ist denn mit dem seinem Gesicht?«

»Weiß auch nicht«, sagte Larry. »Die ganze Sache ist irgendwie komisch. Ne Zirkusparade, und dann nur drei Wagen! Gotteswillen. He –! Was ist das für ein Tier, im letzten Wagen?«

»Tja, das weiß ich jetzt auch nicht, mein Freund. Sieht aber aus wie ein Hund.«

»Das ist doch kein Hund«, sagte Larry.

»Ja, also jetzt, hören Sie mal, auf irgendwas müssen wir uns doch wohl noch einigen können«, protestierte der Mann. »Wer von uns hat denn jetzt hier den Knick in der Optik?«

»Ach was, scheiß auf die Parade«, sagte Larry. »Ich hab noch etwas Geld. Komm mit, gehn wir ein Bier trinken.«

»Nichts dagegen«, sagte der Mann.

Sie gingen in Harry Martinez' Kneipe. »Zwei Cervezas«, sagte der Mann zu Harry hinter der Bar.

»Nee, nee«, sagte Larry, »ich will bloß 'n Bier.«

»Das heißt hier bei uns Bier; ist spanisch«, grinste Harry.

Larry war erleichtert. »Na dann gut. Was meinen Sie zu der Parade?«

»Fand ich nicht so berühmt«, sagte Harry, »nur, mir war nicht ganz klar, warum sie da den Mann in dem zweiten Wagen hatten. Was war denn das, der Wilde Mann aus Borneo, oder so was?«

»Mann?« sagte Larrys Begleiter. »Ich hab keinen Mann in dem zweiten Käfig gesehen. Eine Schlange, ein Bär, und irgend so was wie ein Hund, aber einen Mann hab ich nicht gesehen. Du vielleicht?« fragte er Larry.

»Ich weiß schon nicht mehr, was zum Teufel ich da eigentlich gesehen hab«, sagte Larry.

»Also«, sagte Harry Martinez, »ich stehe hier und sage Ihnen, ich hab gute Augen, und in dem Käfig auf dem zweiten Wagen von der Parade da hab ich einen Mann gesehen. Sah aus wie ein Russe oder so. Und was war denn das überhaupt für ein Tier, das den zweiten Wagen gezogen hat; können Sie mir das vielleicht sagen, einer von Ihnen beiden.«

»Das hab ich nicht so richtig mitgekriegt«, meinte Larrys Begleiter.

»Ich auch nicht«, sagte Larry.

»Na«, sagte Harry Martinez, »aber ich. Schon mal was von einer Sphinx gehört?«

»Was, dieses Riesendenkmal da in Arabien?«

»Richtig. Also, das hat ausgesehen wie eine Sphinx, was da den zweiten Wagen gezogen hat. Schwindel, natürlich. Ein großes Maultier, nehm ich an, mit einem Löwenfell verkleidet.«

»Nein«, sagte Larry. »Ich erinner mich jetzt wieder. Das war kein Maultier.«

»Was zur Hölle war's denn dann?« fragte sein Freund.

»Weiß ich nicht, aber ein Maultier schon gleich mal gar nicht«, sagte Larry.

»Noch zwei Bier«, sagte sein Freund.

»Geht in Ordnung«, sagte Harry Martinez.

Mr. Qwertz, der Korrektor der *Tribune,* verließ das Restaurant und trat auf die Main Street hinaus; er sah die Parade auf sich zukommen. Er zündete sich eine Zigarette an und erwartete sie.

Als sie dann kam, starrte er sie verwirrt an und fragte sich, ob er auch richtig sah. Eine ältere Dame berührte ihn am Arm. Sie hatte einen kleinen Jungen dabei.

»Bitte, Mister, können Sie uns sagen, was das für eine Schlange da ist in dem Wagen? Ist das was, was man hier in Arizona gefangen hat? Wir kommen erst gerade aus dem Osten, wissen Sie, und kennen die Tierwelt hier noch nicht so ganz.«

Mr. Qwertz betrachtete das Reptil in dem sich langsam voranbewegenden Wagen. Es hatte keine Schuppen, nur eine graue schleimige Haut wie ein Katzenfisch.

»Ich weiß nicht, was das ist, meine Dame«, sagte er, »aber auf keinen Fall eine Schlange aus Arizona. Hier draußen werden sie nie so groß. Im Grunde weiß ich gar nicht, wo auf der Welt die Schlangen so groß werden wie der Bursche da.«

»Vielleicht ist es eine Seeschlange, Oma!« sagte der kleine Junge.

»Die Theorie ist so gut wie eine andere«, pflichtete Mr. Qwertz ihm bei.

Zwei Geschäftsleute kamen vorüber und blieben stehen. »Na, das ist aber ein Mordsexemplar von einer Schlange«, sagte der eine. »Was das wohl für eine Art ist?«

»Das ist eine Seeschlange«, sagte der kleine Junge.

»Tatsache?« sagte der Mann. »Na, Mensch, ich hab ja schon immer von den Dingern gehört, wie so in den Sagen, was? Aber jetzt seh ich zum ersten Mal eine. Das ist also die Seeschlange, hm? Na, das ist schon ein Riesenmonster. Das muß man ihm lassen, jawoll, meine Herren.«

Sein Bekannter sagte: »Was macht der Mann da in dem zweiten Käfig?«

»Das ist doch kein Mann, Bill, das ist ein Bär. Ist was mit deinen Augen los?«

»Für mich sieht das aus wie ein Mann«, sagte Bill. »Wie nennen Sie das, Sportsfreund?« fragte er Mr. Qwertz.

»Meine Brille ist ein bißchen staubig«, sagte der Korrektor, »aber mir scheint, das ist ein Mann, der wie ein Bär geht.«

»Na, ich sage, es ist ein Bär, der wie ein Mann geht«, sagte der erste Geschäftsmann und zwinkerte zu seinem Scherzchen. »Mann, der wie ein Bär geht ... haha! Nicht schlecht – wo soll er denn in dem Käfig hingehen? Was?«

»Nun, das ist doch wohl ein Russe, oder?« fragte die alte Dame.

»Liebe Zeit, gute Frau«, sagte Bill, »so schlimm sind wir nun auch wieder nicht hier in Arizona. Wir sperren keine Russen ein und stellen sie mit Tieren zusammen aus; soweit sind wir im Augenblick noch nicht.«

»Was soll denn das«, sagte der erste Mann zu Bill, »sag doch kein solches Zeug zu der Dame. Hast doch selbst gesagt, es ist ein Mann, oder? Macht dann doch keinen Unterschied, ob es ein Russe ist oder nicht. Müssen ihn entschuldigen, gnädige Frau.«

»Ist mir doch verdammt egal, ob das ein Russe oder ein Eskimo oder ein Republikaner ist!« sagte Bill. »Aber, bei Gott, ein Bär ist's nicht, und das steht fest.«

»In meinem ganzen Leben hab ich noch nie jemand eine solche Sprache führen hören!« verkündete die alte Dame. »Wenn das die berühmte Ritterlichkeit des Westens ist, dann gehe ich am besten so schnell wie möglich nach Sedalia zurück.«

Mr. Qwertz sagte, um das Gespräch zu beruhigen: »Was für ein Esel zieht denn da den letzten Wagen?«

»Na, das ist ein ganz stinknormaler nichtsnutziger lausiger gemeiner eselsmäßiger Alltagsesel«, sagte Bill kriegerisch. »Über den laß ich mich in keine Diskussionen ein, Meister. Tut mir leid, meine Dame, was ich da eben gesagt habe. Ich fühl mich heute nicht besonders.«

Der kleine Junge quietschte dazwischen: »Das ist ein Burro, Mister, oder?«

»Wie du willst, mein Junge. Von mir aus kann's ein Walroß sein.«

»Wie kommt's, daß er so komisch gelb ist?« fragte der erste Mann.

»Er sieht aus, als ob er aus Gold gemacht wäre«, sagte die alte Dame mit einem wichtigen Lächeln.

Bill fing an zu lachen. »Ha, ha, haa! Der goldene Esel! Der goldene Esel!«

Bills Begleiter nahm ihn beim Arm. »Komm, Bill, gehn wir weiter. Die Leute schauen dich langsam etwas merkwürdig an.«

»Sind alle Leute in Abalone so?« fragte die alte Dame Mr. Qwertz.

»Nein, nicht alle«, sagte er entschuldigend. »Nur ein oder zwei, hie und da.«

Die beiden Collegeboys von der Ostküste kamen aus ihrem Hotel und stiegen in ihr altes Kabriolett. Slick Bromiezchski fuhr, Paul Conrad Gordon gab gute Ratschläge: »Auf's Gas, mein Junge; auf's Gas und nichts wie weiter.«

Der Wagen fuhr los, und sie kamen bis zur Main Street, wo eine rote Ampel sie aufhielt. Dann kam die Zirkusparade und hielt sie noch ein wenig länger auf.

»Da ist der Zirkus«, sagte Slick. »Wo ist der Wagen mit der Peepshow?«

»Geduld«, sagte Paul Conrad. »Die Peepshows kommen nicht auf die Parade mit. Hier soll nur ein bißchen der Appetit des Publikums geweckt werden.«

»Schon eine tolle Parade«, sagte Slick. »Ein alter Chineser mit einem Fuß im Grab, diese christusmäßige Gestalt, und dann der Typ, der auf Rodins Faun geschminkt ist – oder meine ich Praxiteles? Jedenfalls, was hältst du von der Sache, Onkel Paulchen?«

»Rodins Faun!« sagte Paul. »Daran hab ich mich gerade zu erinnern versucht. Nachmittag eines Fauns. Nymphen, du weißt schon.«

»Sicherlich. Aber weshalb gerade diese Assoziationen deines inneren Monologs?«

»Der Bursche mit den Hörnern auf dem Kopf«, sagte Paul. »Angenommen, der wäre echt?«

»Schön. Ich nehme das mal an, so intensiv ich kann. Und nun?«

»Na, meine Güte, kannst du dir vorstellen, daß ein waschechter Satyr ein goldengespritztes Maultier die Hauptstraße dieser hinterletzten Provinzstadt hinunterlenkt?«

»Natürlich. Ich kann mir alles vorstellen. Was weiter?«

»Ach, nichts. Fahren wir, die Zeit vergeht. Wir müssen uns jetzt illuminieren, damit wir dann auf dem Zirkusgelände die Zutrittsproblematik klären können, wie du weißt.«

Auf ihrem Weg zum Supermarkt sah sich Mrs. Howard T. Cassan kurz durch die Parade aufgehalten.

»Liebe Zeit, was für schreckliche Tiere«, dachte sie. »Wer davon wohl der Wahrsager ist – wer von den Männern, meine ich.«

Aus dem Fenster einer Wohnung in einem oberen Stockwerk rief über ihrem Kopf eine weibliche Stimme herunter: »Entschuldigen Sie bitte, aber können Sie von da aus, wo Sie stehen, erkennen, ob das ein Mann oder ein Bär ist in dem zweiten Wagen?«

»Nun, das ist ein Bär, glaube ich«, rief Mrs. Cassan hilfsbereit zurück. »Obwohl ich nicht weiß, was für eine Art von Bär.«

»Die Dame an der Ecke sagt, es ist ein Bär, Joe«, sagte die Stimme.

»Bär? Quatsch!« sagte Joes Stimme. »Glaubst du, ich weiß nicht, was ein Russe ist, wenn ich einen seh?«

»Also so etwas!« sagte Mrs. Cassan.

Der Rechtsanwalt, der sich etwas auf sein außerjuristisches Wissen zugutehielt, beobachtete die Parade amüsiert von der Küchentür aus, mit seiner Frau zusammen.

»Schon irgendwie peinlich, hm?« sagte er. »Eine dumme kleine Jahrmarktstruppe, und dann hängen sie alberne Verkleidungen über Tiere, damit sie wie irgendwelche Fabelwesen aussehen sollen. Und es ist nicht mal gut gemacht. Dieses Pferd als Sphinx zum Beispiel. Schau dir das törichte Frauengesicht an dem Ding an. Von hier aus kann man sehen, daß es Pappmaché oder irgendwas ist. Und diese absurden Brüste, die da vorne runterbaumeln.«

»Also Frank«, sagte seine Frau, »werd bitte nicht vulgär. Was treibt der Mann da in dem Käfig, was meinst du? Ist das irgendeine Art Freak?«

»Aber das ist doch kein Mann, Schätzchen, das ist ein Bär. Sieht von hier wie ein großer Grizzly aus.«

Seine Frau tat, als ob sie an seinem Atem röche. »Was hast du denn getrunken, Frank, Liebling? Traust du mir nicht die Intelligenz zu, die erforderlich ist, um einen Mann von einem Bären zu unterscheiden?«

Frank sah sie mit gespieltem Erschrecken an. »Ich hab dir schon letzte Woche gesagt, du mußt dir eine Brille verschreiben lassen, Schätzchen. Ich bring dich gleich nach dem Essen selbst hin und sorge dafür, daß dir der Arzt besonders starke Gläser verpaßt. Ein Mann! Hahaha!«

Seine Frau wurde ärgerlich. »Du machst mich immer so verdammt wütend, wenn du so höhnisch tust. Ich meine, wenn du so höhnisch lachst. Du tust es mit Absicht. Du weißt doch ganz genau, daß das ein Mann ist, das ist bloß wieder einer von deinen albernen Scherzen.«

Der Rechtsanwalt sah seine Frau seltsam an. »Schon recht, Schätzchen«, sagte er ruhig; »es ist ein Mann. Komm, gehen wir hinein und essen.«

Das Telefon klingelte, als sie sich zu Tisch setzten. Frank ging hin.

»Hallo?«

»Hallo, Frank?«

»Ja.«

»Harvey hier. Habt ihr die Zirkusparade gesehen, die gerade vorbeigekommen ist?«

»Ja.«

»Helen und ich nämlich auch. Wir konnten uns nicht einig werden, was das in dem mittleren Käfig war. Habt ihr's gesehen? Wir haben uns richtig gestritten, und ich dachte, ich rufe euch an, damit das geklärt wird. Helen behauptet, das war ein Bär da drin, aber ich dachte, es sei ein Russe. Wie habt ihr das gesehen?«

»Wir konnten uns auch nicht einigen«, sagte Frank und legte auf.

Quarantäneinspektor Nr. Zwei erblickte die Parade, als er sich brüllend aus dem Fenster seines Coupés lehnte, um Inspektor Nr. Eins, der gerade in seine Richtung die Main Street heruntergetrottet kam, auf sich aufmerksam zu machen. Inspektor Nr. Eins stieg in das Coupé, und sie sahen gemeinsam zu.

»Mein lieber Mann, das ist ja wirklich ein Riesending von Schlange«, sagte Inspektor Nr. Eins. »Erinnert mich an die große Klapperschlange, den Sidewinder, den ich letztes Frühjahr auf der Straße nach Beeswax getötet hab. Hatte sechzehn Klappern, das Ding.«

»Dann war's sechzehn Jahre alt«, sagte Inspektor Nr. Zwei.

»Ach, so kann man das sehen? Ich hab mir immer gedacht, irgendwie so was muß es da geben. Was hältst du von dem Bären dort? Ist das ein Sonora-Grizzly?«

»Ich seh keinen Bären.«

»Na dort, in dem zweiten Wagen, groß wie'n Haus.«

»Mensch, Junge, du schläfst ja noch. Das ist ein Mann. Sieht aus wie ein Russe.«

»Ach was! Wer ist es denn? Trotzki?«

»Ich weiß nicht, wer das ist, aber es ist kein Bär. He, schau dir mal den Hund da an! Schon jemals einen grünen Hund gesehn?«

»In dieser Parade gibt es einen Haufen Zeug, das ich noch nie gesehen hab. Wie zum Teufel kommst du eigentlich darauf, daß das kein Bär ist in dem mittleren Wagen?«

»Weil ich schon mal Bären gesehen habe, und auch schon mal Männer gesehen habe, und einen Mann von einem Bären unterscheiden kann, wenn ich das eine oder das andere sehe. Und das ist ein Mann und kein Bär. Und ich hab's satt, über etwas so Blödsinniges rumzustreiten.«

»Na gut«, sagte Inspektor Nr. Eins. »Brauchst dich

nicht aufzuregen, ich streit nicht mit dir. Was hältst du von dem Hund?«

»Na, das ist so ziemlich der größte Hund, den ich je gesehen hab, aber mir ist noch nie einer mit dieser Farbe untergekommen. Schau dir mal das Fell an, was der für rauhes Haar hat. Mensch, die Zähne von dem sind ja auch grün. Was ist denn das überhaupt für ein Hund?«

»Weiß ich auch nicht ... Das ist ein hübscher kleiner Burro, der da den letzten Wagen zieht.«

»Ist doch kein Burro.«

»Was zur Hölle denn dann: ein Elefant?«

»Sag mal, was ist denn heute mit dir los? Du weißt doch, daß das kein Burro ist. Du weißt, daß Burros ein Fell haben! Daß sie nicht so glatt wie aus Glas aussehen wie das Ding da. Daß sie nicht so glänzen.«

»Also, es sieht aus wie ein Burro.«

»Ja, ja. Und der Mann hat wie ein Bär ausgesehen, wenn man dir zuhört. Ich weiß nicht, was heute los ist mit dir.«

»Bei Gott, und das war auch ein Bär! Du reißt dich besser zusammen, mein Junge! In diesem Staat gibt's eine Klapsmühle für Leute, die plötzlich merkwürdige Vorstellungen haben.« Inspektor Nr. Eins stieg aus dem Coupé aus. »Krieg bloß heute nacht keine merkwürdigen Vorstellungen, wenn du Dienst hast, oder es hat bald jemand anderer deinen Job. Ich sag dir's, wie's ist, ja?«

Inspektor Nr. Zwei zündete sich eine Zigarre an. Ein Polizist, ein Freund von ihm, kam her und belehrte ihn im Scherz, er habe jetzt lange genug an einer Stelle geparkt.

»Hör mal, Tom«, sagte der Inspektor, »hast du gerade die Parade vorbeikommen sehen?«

»Jawohlja, hab die verrückte Geschichte gesehen. Einen mordsmäßigen Bären hatten die da in einem von den Wagen.«

»O Gott!« sagte der Inspektor und fuhr davon.

Die Frau des Bahnbeamten rief ihren Mann gegen elf Uhr an. »Ed«, sagte sie, »hast du die Zirkusparade gesehen? Die Kinder möchten hingehen und zuschauen, aber es ist so weit weg vom Haus, daß ich doch ein bißchen Angst hab … Lohnt es sich eigentlich, weißt du das?«

»Ja, ich hab sie gerade gesehen«, sagte Ed. »Die haben bloß drei Wagen mit Pferden oder was davor. Ich hätte auf jeden Fall gedacht, daß die große Lastwagen haben. Kann mir nicht denken, wie die hergekommen sind. Auf keinen Fall haben diese Viecher diese Wagen den ganzen Weg hierher gezogen, von Kalifornien oder wo die auch herkommen. Nein, den Kindern gefällt das, glaub ich, nicht. Im einen Wagen ist eine große Schlange, und ein wilder Mann oder was im anderen, und ein komisch aussehender Hund im letzten. Glaube nicht, daß es den Kindern gefällt. Keine Clowns oder so was.«

Einer seiner Kollegen, der dem Gespräch zuhörte, sagte: »Wo war der wilde Mann, Ed? Der ist mir entgangen.«

»Im mittleren Wagen.«

»Hohoho! Das war kein wilder Mann, das war ein großer Bär; komische Sache, ein paar von den Jungs vorn im Büro haben denselben Fehler gemacht wie du. Haben gedacht, der Bär wär ein Mann. Hahaha!«

»Also, das hat verdammt nach einem Mann ausgesehen«, sagte Ed.

»Sie haben sich jetzt den ganzen Morgen Gedanken gemacht wegen diesem Zirkus«, sagte der diensthabende Sergeant zum Polizeichef. »Da kommt jetzt gerade die Parade vorbei – warum gehen Sie nicht raus und schaun sich's an?«

Als die träge Ruhe von diesen bedeutungsvollen Worten gebrochen worden war, entschloß sich praktisch die gesamte Polizei der Stadt, nicht länger um die Spucknäpfe herumzulungern, und stellte sich am Straßenrand neben dem geparkten Polizeiauto auf, um die kleine Prozession vorüberrollen zu sehen. Der alte Chinese, der den ersten Wagen lenkte, bemerkte die Uniformen und machte der offiziellen Autorität eine Verbeugung. Das Einhorn im Geschirr bemerkte ebenfalls die Messingknöpfe, und es warf sein eiszapfenähnliches Horn gen Himmel, wieherte wie ein Trompetensignal und tanzte auf den Hinterbeinen. Der alte Chinese schlug mit seiner Peitsche auf es ein, und aus dem wilden Hüpfen wurde wieder der normale Schritt.

»Da hat er aber einen ganz energischen Bronco vorgespannt«, meinte einer der geringeren Polizeibeamten. »Wie ist das Tier denn an das Horn gekommen, was meint ihr? Hab noch nie von einem Pferd mit 'nem Horn gehört.«

»Das ist kein Pferd«, sagte ein anderer Polizist, »das ist ein Einhorn.«

»Was ist ein Einhorn?«

»Na, das ist so was wie eine Kreuzung zwischen einem Pferd und einem Rhinozeros, nehm ich an. Die kommen aus Armenien, glaube ich, oder irgendeiner verdammten Gegend irgendwo.«

»Klar, ja, ich erinner mich jetzt, da hab ich als Kind was in der Schule darüber gelesen. Sind die nicht furchtbar selten oder was?«

»Jawoll. Wahnsinnig selten.«

»Mann, das ist eine große Schlange da drin. Was das wohl für eine ist?«

»Sieht mir wie eine Boa constrictor aus.«

»Nee«, sagte einer von der Motorradstreife, »das ist

keine Boa constrictor. Das ist 'ne Anaconda aus Südamerika. Teddy Roosevelt hat mal eine gefangen, als er vor Jahren da unten auf der Jagd war.«

»Ist die giftig?«

»Aber sicher. Das Ding hat genügend Gift, um ein ganzes Regiment umzubringen.«

»Jesus! Schon ein Biest von einer Schlange.«

»Hab ich schon größere gesehen, wenn mein Alkoholspiegel entsprechend hoch lag«, sagte ein großer dicker Bulle.

Die anderen Beamten lachten und stimmten ihm zu.

Der diensthabende Sergeant, der aus dem Fenster zugeschaut hatte, rief herüber: »He, Chef, wir sollten einen Wagen wie den in der Mitte da haben; könnten wir die Betrunkenen bequem einsperren, wie der Bursche da eingesperrt ist.«

»Ja«, sagte der Polizeichef, »keine schlechte Idee, aber von welchem Burschen ist die Rede?«

»Dem da im Wagen.«

Der Chef lachte. »Hehe – der alte Baldy glaubt, der Bär ist ein Mann. Da lassen wohl die Augen nach.«

»Ich seh keinen Bären, Chef«, sagte der Motorradpolizist.

»Na, der ist doch direkt vor deiner gottverdammten Nase. Wisch dir deine Schutzbrille sauber, dann siehst du ihn auch.«

»Das ist doch kein Bär, verdammt noch mal«, beharrte der Streifenbeamte.

»Gut!« sagte der Chef ärgerlich. »Es gibt zwei Arten von Leuten, mit denen ich mich nie streite: Frauen und blöde Idioten. Und eine Frau bist du nicht!«

Mrs. Rogers fragte ihre drei Kinder, ob ihnen die Parade gefallen habe. »Nee«, sagte Willie, »warn keine Clowns da, keine Elefanten, kein garnix.«

»Also, mir hat's gefallen«, sagte Alice. »Da war ein wunderhübsches kleines Maultier. Ganz glänzig, als ob es aus Gold wäre oder so was.«

»Mir hat der große grüne Hund gefallen«, sagte Klein-Edna.

»Ein grüner Hund?« sagte Mrs. Rogers. »Aber Edna, was erzählst du denn da?«

»Doch, der war grün, Mutter. Grün wie Gras. Nur hat er nie gebellt oder sonst irgendwas.«

»Und dann war da dieses Ding wie die Statue auf dem Tisch«, sagte Willie.

»Was für eine Statue?« fragte Mrs. Rogers.

Willie holte die Statuette aus dem anderen Zimmer. »Die da. Wie heißt denn die, Mutter?«

»Nun, das nennt man eine Sphinx, aber ich bin ganz sicher, ihr habt in einer Zirkusparade keine Sphinx gesehen.«

»Doch, wir haben, Mutter«, sagte Alice, »eine richtige lebendige Sphinx. Das sah aus wie eine Frau, die ihren Oberkörper aus einem Löwen rausstreckt. Die hat einen Wagen gezogen mit einem großen Bären drin.«

»Das war gar kein Bär«, sagte Edna, »das war ein Mann.«

»Es war ein Bär«, sagte Alice.

»Es war ein Mann.«

»Es war ein Bär.«

»Es war ein Mann!«

»Liebe Güte, fangt jetzt nicht damit an«, sagte Mrs. Rogers. »Was war es denn, Willie, ein Bär oder ein Mann?«

»Ich dachte, das war ein Russe«, sagte Willie.

Mrs. Rogers setzte sich. »Ihr Kinder seht doch manchmal die merkwürdigsten Sachen. Was gab es denn noch anzuschauen, Alice?«

»Also, da war ein Mann mit Hörnern auf dem Kopf wie eine Ziege, und da war ein Chinese. Und eine Schlange. Und da war ein Mann, der sah aus wie Gott.«

»O Alice!« sagte Mrs. Rogers. »Wie kannst du so etwas sagen?«

»Na«, sagte Alice, »er hat ganz so ausgesehen wie diese Bilder von Jesus in dem Buch von der Sonntagsschule, oder nicht, Edna?«

»Richtig, ganz genauso«, sagte Edna. »Lange braune Haare und einen Bart und ein weißes Gewand und alles. Aber er hat ganz furchtbar alt ausgesehen.«

»Und das war alles bei der Parade?« fragte Mrs. Rogers.

»Das ist alles, Mutter. Clowns waren keine da oder Elefanten oder Musikkapellen oder Kamele oder was.«

»Keine Pferde?«

»Da war ein Pferd mit einem Horn auf dem Kopf, aber es hat einen komischen Schwanz gehabt.«

»Nun, das muß ja eine merkwürdige Zirkusparade gewesen sein«, sagte Mrs. Rogers. »Das hätte ich auch gern gesehen.«

Etwas später kam Mr. Rogers mit einem seltsamen Gesichtsausdruck nach Hause.

»Was ist denn?« fragte seine Frau.

»Weiß auch nicht«, sagte der Klempner. »Es stimmt da was nicht. Diese Parade, die ich da grad gesehen hab. Ach ja! ehe ich's vergesse: Ich hab Arbeit, Sarah, Arbeit für neun Monate, ab morgen.«

»O Gott sei Dank!« sagte Mrs. Rogers. »Wo? Sag mir's schnell.«

»Ach, Reparaturen unten im Hotel, und alles in Ordnung halten. Aber ich wollte dir von der Parade erzählen;

so was hab ich noch nie gesehen. Eine Schlange haben die, ich wette, die ist aber schon mindestens achtzig Fuß lang. Und dann ein Chineser. Komischer alter Vogel. Aber, ja! was ich erzählen wollte, da hatten sie einen Bär in einem von den Wagen. Und neben mir stand einer, der wollte mir einreden, das sei ein Mann. Hast du schon mal so was gehört? Konnte einen Bären nicht unterscheiden von einem Mann! Ich dachte zuerst, der macht Spaß, aber der wurde richtiggehend sauer, also hab ich meinen Mund gehalten und hab ihn denken lassen, das sei ein Mann. Schon mal so was erlebt?«

»Nun«, sagte Mrs. Rogers, »ich hab heute morgen schon einiges davon gehört.«

»Wieso? Was meinst du?«

»Ach, die Kinder haben auch die Parade gesehen.«

»Ja? Das ist schön. Aber sie haben doch nicht gemeint, der Bär ist ein Mann, oder?«

»Willie dachte, es sei ein Russe«, sagte Mrs. Rogers.

Um dreiviertel elf stand Miss Agnes Birdsong, Englischlehrerin an der High School, an der Main Street, wartete auf die Zirkusparade und kam sich ein wenig töricht vor. Dieses Gefühl verstärkte sich, als sie sah, was für eine kärgliche, alberne Parade es dann schließlich war. Aber sie sah hübsch aus, wie sie in ihrem leichten Sommerkleid im Schatten stand; sie sah hübsch aus, sie wußte es, und sie blieb dort stehen und sah weiter zu.

Sie konnte die Tiere zunächst nicht identifizieren. Dann sagte sie zu sich: »Natürlich – das Ding da ist ein Einhorn.« Dann fiel ihr ein, daß Einhörner Ausgeburten der Phantasie waren. »Es ist ein Schwindel«, korrigierte sie sich.

Sie betrachtete die Schlange mit einem leichten Gefühl der Übelkeit. Sie konnte Schlangen ohnehin nicht ausstehen; dieser riesenhafte graue gelbgezungte Wurm mit seiner scharlachroten Kehle und den wie Juwelen glitzernden Augen beunruhigte und erschreckte sie. Wenn er sich nun befreien würde! Natürlich, er war im Käfig eingesperrt, aber wenn er sich nun befreien würde ... Wie schrecklich. Der grinsende alte Chinese, der ihre ängstliche Aufmerksamkeit bemerkte, langte mit dem Peitschengriff hinter sich und stieß die Schlange an. Sie zischte wie ein Autoreifen, aus dem die Luft entweicht, und verschob ihre schleimigen Windungen.

Miss Agnes überlief es.

Dann sah sie die Sphinx und den alten bärtigen Mann, der sie lenkte, und den Mann in dem Käfig auf dem Wagen. Der alte bärtige Mann war in einen Tagtraum versunken; die Zügel lagen schlaff in seinen Händen; seine Gedanken, weit fort von Abalone und seinem Geschäft hier in der Zirkusparade, spielten leise um einen entlegenen, zufälligen Punkt seines inneren Universums. Die Sphinx bemerkte die Unaufmerksamkeit des Fahrers, nahm die Trense zwischen die Zähne, machte einen trägen Satz und entriß dem Alten beinahe die Zügel.

»Schlaf nicht ein und paß auf deine Arbeit auf, Apollonius«, knurrte die Sphinx.

Miss Agnes Birdsong setzte sich vor Erstaunen beinahe auf den Gehsteig. Sie sah die Leute um sich herum an, aber die schienen kein Wort gehört zu haben. Miss Agnes fühlte sich den Puls und berührte ihre Stirn. »Ich bin eine beherrschte und intelligente Frau«, sagte sie entschieden. »Ich bin eine beherrschte und intelligente Frau.«

Dann kam der letzte Wagen vorbei, gezogen von dem goldenen Esel, gelenkt von dem bocksfüßigen Satyr. Ein kleiner goldener Ring saß in des Satyrs Nase; auf dem Sitz neben ihm lag seine Syrinx. Für Miss Agnes roch er wie ein Ziegenbock. Sein Körper war von einer mageren Kraft wie der eines Marathonläufers; seine Hufe hatte grünes Gras verfärbt. Ein Rebenblatt hatte sich in seinem Haar verfangen. Er lächelte Miss Agnes lüstern an. Er hielt die Hand über seine Augen und lächelte sie lüstern an. Er wandte sich auf seinem Sitz um und starrte zu ihr zurück, starrte und starrte, als ob er aus all den angehäuften Jahren sich an nichts erinnern könnte, was mit ihr zu vergleichen gewesen wäre.

»Ich bin eine beherrschte und intelligente Frau«, versicherte Miss Agnes sich. »Ich bin eine beherrschte und intelligente Frau, und ich habe nicht auf der Main Street Pan gesehen. Trotzdem werde ich den Zirkus besuchen, um sicherzugehen.«

Um viertel nach zwölf ging Mr. Qwertz, der Korrektor der *Tribune*, in die Nachrichtenredaktion, um nach einer Freikarte für den Zirkus zu fragen.

Der Lokalredakteur gab ihm eine. »Ein alter Chineser hat sie heute morgen hiergelassen. Komischer alter Vogel. Sprach ein gutes Englisch. Wollte keine Gratiswerbung für seine Show oder so was. Hat gesagt, seiner Erfahrung nach sei es üblich, daß Journalisten ohnehin in alle Shows und Aufführungen umsonst reinwollen, deshalb brächte er ein paar Freikarten vorbei, damit es auf dem Zirkusgelände keine Mißverständnisse gibt. Ach, übrigens, Qwertz, haben Sie heut morgen die Parade gesehen? Ich hab's verpaßt, aber wie ich höre, war das eine recht verrückte Sache.«

»Es war eher ungewöhnlich als verrückt«, sagte Qwertz. »Haben Sie von dem Bären gehört, der wie ein Mann aussieht?«

»Nein«, sagte der Redakteur, »aber von einem Mann, der wie ein Bär aussieht.«

»Das trifft's genauso«, sagte der Korrektor.

»Ja, und was ist mit dieser Einhorngeschichte?« fragte der Redakteur.

»Ja, ein Einhorn hatten sie auch.«

»Tatsache? Und dann ist mir, als hätte ich auch was von 'ner Sphinx gehört.«

»Eine Sphinx war auch dabei.«

»Ach, tatsächlich?«

»Ja. Und Apuleius' goldener Esel und die Seeschlange und Apollonius von Tyana und der Heckenhund und ein Satyr.«

»Ganz hübsche Sammlung«, sagte der Redakteur. »Und Sie haben auch keinen vergessen?«

Qwertz dachte eine Weile nach. »Oh, ja, doch«, sagte er. »Ich hab was vergessen. Da war noch dieser Russe.«

Um viertel vor zwei machte sich Mr. Qwertz zum Zirkusgelände auf, um sich zuerst die Sideshows anzusehen, bevor sich das große Zelt zur Hauptvorstellung öffnete. Er hatte eine Freikarte, die für alle Teile des Zirkus gültig war – nichts wäre damit gewonnen, sie nicht bis zum äußersten zu nutzen, kein Sinn läge darin, aus ihr nicht alles herauszupressen, das sich gratis aus ihr herauspressen ließ. Geld war dazu da, Sachen damit zu kaufen, aber Freikarten waren geschaffen, um einen bestimmte Räume umsonst erreichen zu lassen. Pressefreiheit.

Es war heiß, als er durch die Straßen von Abalone ging. Qwertz dachte darüber nach, wieviel besser es war, daß es so heiß war, als wenn es entsprechend kalt gewesen wäre – weit unter Null. Wintermäntel. Dicke Schals. Überschuhe. Ohrenschützer. Und jedesmal, wenn er durch eine Tür hineintreten würde, würden seine Brillengläser sich wolkig-undurchsichtig beschlagen, und er würde die Brille abnehmen und seine Umgebung mit wässrigen Augen betrachten müssen, während er sie trockenwischte. Verflucht sei der Winter, verflucht das kalte Wetter, verwünscht sei der Schnee. Das einzige Eis, das Mr. Qwertz je wieder zu sehen wünschte, war das, welches elektrische Eisschränke in kleinen Würfeln herstellten. Der einzige Schnee, den er zu sehen wünschte, war der in der Wochenschau. Er wischte sich den Schweiß von der Stirn und ging über die Straße auf die Schattenseite. Auf den Telefondrähten hockten Vögel, denen in der schrecklichen Hitze die Schnäbel offenhingen. Hitzewellen wanden sich über den Dächern der Gebäude wie eine Wiederholung ihrer Umrisse in Zellophan.

Als er schließlich das Zirkusgelände erreicht hatte, hatte er den Zirkus schon fast vergessen; wie er auf die Zelte zuging, konnte er es sich nicht erklären, was er hier auf der staubigen Wiese, zu dieser Tageszeit, unter der rotglühenden Sonne zu suchen hatte. Da sah er über der Straße, welche die Reihen der Zelte bildeten, ein großes Banner, rot und schwarz. Es verkündete:

Doktor Laos großer Zirkus

»So heißt er also«, dachte Mr. Qwertz.

Die Zelte waren alle schwarz und glänzten und sahen nicht aus wie Zelte, sondern wie vertikal aufgestellte harte Eier. Sie begannen am Gehsteig und erstreckten sich die ganze Länge des Feldes bis zu seiner Grenze, und von jedem Zelt flatterte oben ein kleiner Wimpel kochender Hitze. Keine Popcornbuden waren zu sehen. Keine Luftballonverkäufer. Keine Lärminstrumente. Kein Heu. Kein Geruch nach Elefanten. Keine Zirkusarbeiter, die sich in verbeulten Wassereimern wuschen. Keine verblaßten Frauen, die an schmuddeligen Ständen Hot Dogs brieten. Keine Zeltheringe, die einem bei jedem neunten Schritt unter den Füßen emporsprangen.

Ein paar Leute standen müßig, beiläufig herum; ein paar andere kamen und gingen in den Zeltreihen. Aber die Zelttüren waren geschlossen; wie Kokons hüteten sie ihre geheimnisvollen Verpuppungen. Und die Sonne schlug glühend auf das Zirkusgelände von Abalone, Arizona, ein.

Dann klirrte ein Gong und zerschellte tönend das heiße Schweigen. Seine metallischen Schreie rollten in Wellen von irritierendem Schall dahin. Hitzewellen versengten die Haut. Wellen von Staub zerglühten die Augen. Schallwellen sprengten die Ohren. Der Gong tönte, dröhnte und klang; und eines der Zelte öffnete sich, eine Plattform wurde hervorgestoßen, ein Chinese sprang auf die Plattform, und der Lärm des Gongs hielt inne, und der Mann begann lauthals auf die Menge einzureden, und Doktor Laos großer Zirkus hatte begonnen:

Mein großer Zirkus ist hier zu sehen!
Laßt euch die Show heut bloß nicht entgehen!
Ich habe den ganzen Erdball als Lehen,
dies ist das Größte, ihr müßt verstehen:
der Zirkus der Monstren, der Zoo der Feen!
Was für Abenteuer galt es zu bestehen,
wo Orkane rasen, wo Zephyre wehen,
daß nun die Mirakel hier vor euch stehen!

Die verschollenen Wunder, die zu uns flehen –
ach, alles Verrückte will untergehen
und will verzückt wieder auferstehen,
und alles Geschehene wieder geschehen!
Nur so kann der alte Globus sich drehen!
Laßt uns den verzauberten Tag nun begehen!
Wer kann dem Geheimnis hier widerstehen?
Jugend und Alter zerfallen, verwehen,
doch immer glüht in euch, was hier ihr gesehen!

Der kleine runzlig-gelbe tanzende Mann hüpfte auf der Plattform umher und rief in lautem Singsang, achtlos seine Daktylen und Jamben aneinanderreihend; und die Menge schwarzer, roter und weißer Männer starrte zu ihm hinauf und staunte über seine ekstatische Begeisterung.

Das Geschrei verstummte. Der alte Chinese verschwand. Aus allen Zelten schwangen sich Fahnen hinauf, die für das warben, was die Zelte verbargen und gegen ein Entgelt enthüllen würden. Die Menge verlor ihre Identität, und ihre einzelnen Teile fanden die ihre wieder, und jeder suchte das auf, was ihm, wie er glaubte, am besten gefallen würde. Mr. Qwertz fragte sich, wohin er zuerst gehen sollte. Über ihm flatterte ein Wimpel, der rief: WAHRSAGUNGEN. IHR SCHICKSAL WIRD ENTHÜLLT. »Ich werd mir mein Schicksal enthüllen lassen«, teilte Mr. Qwertz sich selbst bedeutsam mit und stolperte rasch in das Zelt.

Miss Agnes Birdsong, Englischlehrerin an der High School, erreichte das Zirkusgelände zehn Minuten nach zwei. Säuberlich parkte sie ihr sauberes kleines Kabriolett auf der gegenüberliegenden Straßenseite an der Gehsteigkante, kurbelte die Fenster hoch, stieg aus, verschloß die Türen und ging über die Straße auf die vielfältige Menge der Zelte zu.

Auf einer Plattform vor einem der Zelte stand der alte bärtige Mann, der als Kutscher bei der Parade am Morgen abwesend in seinen Tagtraum versunken gewesen war, und machte den Anreißer. Es war die schlechteste Rede eines Anreißers, die Miss Agnes je gehört hatte (und sie hatte einige gehört, die furchtbar gewesen waren). Der alte Mann sprach mit schwacher, dünner Stimme, offenbar ohne sich vorher einen Text zurechtgelegt zu haben, denn er mußte oft innehalten und nachdenken, was er als nächstes sagen sollte. Er sprach gerade über die Sideshows:

»... 'nd in jenem Zelt dort drüben, dem dritten nach dem großen Zelt, werden Sie die Chimäre sehen, ein höchst merkwürdiges Wesen. Ich nehme nicht an, daß einer von Ihnen weiß, was eine Chimäre ist, aber das tut nichts, gehen Sie ruhig hin und schauen ihn sich an. Er kann euch natürlich nichts tun; daß er so lange eingesperrt war, das hat seine Natur gesänftigt. Ich glaube, er verliert gerade sein Winterfell, also das heißt, der Löwenteil haart stark, so daß er nicht direkt ein glänzendes Fell haben wird, aber man kann natürlich immer noch sehen, was er ist. Und Doktor Lao wird dann irgendwo in der Nähe sein und alle Fragen beantworten, die Sie vielleicht in bezug auf die Chimäre noch haben. Ein höchst merkwürdiges Wesen. So viel ich weiß, fast völlig ausgestorben. Ich kann mir gar nicht vorstellen, wo der Doktor diese her hat. Im nächsten Zelt ist der Werwolf, glaube ich ... ja, der Werwolf ist im nächsten Zelt nach der Chimäre. Sie wissen alle, was ein Werwolf ist, nehme ich an. Sehr interessantes Tier, durchaus interessant. Später, im Monat Oktober, wird es sechs Wochen lang eine Frau. Die Periode der Metamorphose ist kurios zu beobachten.

Schade, daß sich die Form jetzt gerade nicht ändert. Würden sicher gerne sehn, wie ein Wolf sich in eine Frau verwandelt. Wir füttern in der Regel Lammkoteletts. Aber das wird Doktor Lao Ihnen alles im Zelt erzählen. Er hält, soviel ich weiß, einen sehr interessanten Vortrag über den Werwolf, ich muß mir das wirklich selbst einmal anhören ... Ich weiß nicht besonders genau über das Tier Bescheid, um ehrlich zu sein. Dann ist da noch die Medusa, in einem anderen Zelt. Ich selbst führe in dem Zelt gegenüber Zaubereien vor. Und was wäre dann noch – ja, Sie würden sicher mit Interesse die Seejungfrau sehen, weil in dieser Wüstengegend, weit vom Meer, da müssen diese in der See lebenden Geschöpfe ungewöhnlich sein. Dann ist da noch der Heckenhund, den Sie wahrscheinlich noch nie gesehen haben, da er in Wiesen, in Hecken, Kraut und Unkraut zu Hause ist. Die Show nur für die Herren ist im letzten Zelt. Ich gehe davon aus, daß der Fruchtbarkeitstanz der Negerpriester in Kürze beginnen wird. Natürlich ist dieses Zelt nur für erwachsene Männer.

Freue mich sehr, so viele von Ihnen heute nachmittag hier zu sehen, und ich bin sicher, Doktor Lao ist ebenfalls erfreut. Er hat sich sehr viel Mühe gegeben, alle diese Tiere zu sammeln, und ich bin sicher, Sie werden alle mit Interesse diese seltsamen Tiere betrachten. Oh, ja – ich habe vergessen, das Ei des Vogels Rukh zu erwähnen. Das ist in einem anderen Zelt dahinten, in welchem genau weiß ich jetzt auch nicht. Es handelt sich um ein riesiges Ei, beinahe so groß wie ein Haus, das Salzwasser ausschwitzt. Es wird sicher von großem Interesse für Sie sein, verehrte Anwesende. Doktor Lao hält im Zelt dann einen Vortrag. Ich glaube beinahe, es ist das dritte Zelt dort, aber sicher bin ich nicht ... ich müßte mir wirklich einmal die Anordnung der verschiedenen Attraktionen einprägen.

Nun haben Sie wohl alle langsam genug von meinem Vortrag und wollen sich die Shows ansehen. Denken Sie daran, ich zaubere in dem Zelt gleich gegenüber.«

Der alte Mann stieg mühevoll und langsam von der Plattform herab und bahnte sich seinen Weg durch die Menge zu dem Zelt, wo er seine Zauberkünste zeigen würde. Ein paar Leute gingen ihm nach. Miss Agnes Birdsong stand unentschlossen da. Dann sah sie aus dem rechten Augenwinkel den alten Chinesen vorbeihasten, eine Kanne Tee in der einen Hand und eine Opiumpfeife im Mund. Sie hielt ihn an.

»Doktor Lao?«

»Ja, meine Dame.«

»Wo ist das Zelt von Pan?«

»Pan haben wir nicht in diesem Zirkus, meine Dame. Zweifellos denken Sie an den Satyr, der uns heute morgen bei der Parade als Kutscher behilflich war. Sie finden ihn in dem Zelt dort drüben. Eintritt zehn Cents. Wenn Sie ihn zu sehen wünschen, zahlen Sie einfach hier bei mir und gehen Sie hinein. Es besteht im Augenblick eine gewisse Personalknappheit, wir haben nicht genügend Kartenkontrolleure.«

Miss Agnes gab dem Chinesen zwei Fünfcentmünzen, versicherte sich innerlich, daß sie eine beherrschte und intelligente Frau war, und betrat das Zelt, um den Satyr zu sehen.

Er lag da, auf einer aus Weinreben geflochtenen Matte, und kratzte sich; die dünnen Strähnen seines Bartes waren mit Weinhefe verklebt. Seine Hufe waren dungverkrustet, und seine Hände knochig, wie gichtig verkrümmt, braun, rauh, mit langen Nägeln. Zwischen seinen Hörnern war eine kleine kahle Stelle, von ergrauendem Lockenhaar umgeben. Seine Ohren waren spitz; dünne, straffe Muskeln krochen unter der Haut seiner

Arme. Seine Beinmuskulatur verdeckte das Ziegenhaar. Seine Rippen standen hervor. Seine Schultern hatte er über die Ohren hinaufgezogen.

Er grinste Miss Agnes an, nahm seine Syrinx und begann zu spielen. Das dünne Schnarren der Rohrflöte tanzte in der stickigen, stumpfen Luft des dunklen Zeltes. Er erhob sich und tanzte zu seiner eigenen Musik; sein Bocksschwanz zuckte, stieß steif zu, wackelte, schnappte. Seine Füße hüpften, die Hufe klackten im Takt der Flöte, hieben auf den Erdboden, klickend, klakkend. Der Bocksgeruch wurde stärker.

Miss Agnes stand da und redete sich zu, daß sie eine beherrschte und intelligente Frau sei. Der Satyr hüpfte in Bocksprüngen um sie, schwenkte seine Flöte, schwenkte den Kopf, schwang die Hüften, zuckte mit den Ellenbogen. Die Syrinx piep-, fliep-, flötete. Der Eingang des Zelts fiel zu. Um Miss Agnes herum galoppierte der alte Bocksmensch. Sein freches Flöten drang grell wie der Klang schriller Glocken an ihr Ohr, es brachte eine Unruhe mit sich, die sie schüttelte und ihr Blut pochen und pumpen ließ. In ihren Adern sprang das jagende Blut, und sie zitterte, wie griechische Nymphen erzittert waren, als derselbe Satyr (zwanzig Jahrhunderte jünger) für sie getanzt und gespielt hatte. Es durchrüttelte sie, und sie sah ihm zu. Und die Syrinx fliepte, piepte, flötete.

Er tanzte näher, seine wirbelnden Ellenbogen berührten spitz ihre bloßen hellen Arme, seine haarigen Schenkel streiften ihr Kleid. Hinter seinen Hörnern schwollen kleine Moschusdrüsen an und öffneten sich, dick rann starkriechendes Sekret hervor – der Beginn der Brunft. Er trat ihr mit einem Huf auf den Zeh: Der Schmerz floß ihr in die Augen, und Tränen kamen. Er kniff sie in den Schenkel, wie er sie umsprang; es tat weh, aber sie entdeckte eine Verwandtschaft von Schmerz und Erregung. Sein

Geruch war zum Verrücktwerden. Das Zelt stank nach Moschus. Sie wußte, daß sie schwitzte, daß Schweißtröpfchen aus ihren Achselhöhlen rannen und ihr Mieder durchfeuchteten. Sie wußte, daß ihre Beine vor Schweiß glänzten. Der Satyr umtanzte sie auf steifen Beinen, seine knochige Brust schwoll an und stürzte wieder ein, im Rhythmus der Musik. Er sprang in großen Sätzen, auf steifen Beinen; er warf die Syrinx weit weg in eine Ecke, und dann ergriff er sie. Er biß in ihre Schultern und grub seine Nägel in ihre Schenkel. Der Speichel auf seinen Lippen mengte sich mit dem Schweiß um ihren Mund, und sie spürte, wie sie nachgab, stürzte, hinsank, wie die Welt sich langsamer und langsamer drehte, wie die Schwerkraft nachließ, wie das Leben begann.

Dann öffnete sich der Eingang des Zelts, und Doktor Lao trat herein.

»Der Satyr«, sagte er, »ist möglicherweise die reizvollste Gestalt der alten polytheistischen Mythologie der Griechen. Die Form des Menschen und des Ziegenbockes vereinigend deutet seine Figur auf Fruchtbarkeit, insofern sowohl die Menschen wie die Ziegen in ihren Aktivitäten durch eine überragende Begierde gekennzeichnet sind. Für die Griechen waren die Satyrn tatsächlich gleichsam eine vergöttlichte Form der Lust, Halbgötter des Waldes. In der Tat sind auch heute Wäldchen und baumbestandene Stellen bevorzugte Treffpunkte von Liebenden, die sich dem prüfenden Blick einer öffentlichen Moral entziehen möchten.

Diesen Burschen hier haben wir in der Nähe der Stadt Tu-jeng gefangen, im Norden Chinas, nahe der Großen Mauer. Wir fingen ihn in einem Netz bei einem kleinen Wasserfall – einem Netz, das wir für eine Chimäre ausgespannt hatten. Beiläufig bemerkt ist es unmöglich (obwohl uns das damals nicht klar war), eine Chimäre in einem Netz zu fangen – wegen ihres feurigen Atems, der die Maschen verbrennt. Doch davon nachher mehr.

Satyrn sind nicht, wie die Menschen, Omnivoren, also Allesfresser, sondern Herbivoren wie die Ziege. Wir füttern ihn hier mit Nüssen, Beeren und Kräutern. Er ißt auch Salat und etwas Kohl. Zwiebeln und Knoblauch hat er jedoch immer abgelehnt. Und er trinkt ausschließlich Wein.

Beachten Sie, daß er einen goldenen Ring in der Nase trägt. Ich weiß dafür keine Erklärung. Er war bereits da, als wir ihn fingen, aber ich weiß nicht, wie er dorthin gekommen ist.

Beachten Sie ferner, daß dieser Satyr sehr alt ist. Für mich besteht kein Zweifel, daß es sich hier um einen der ursprünglichen Satyrn des alten Hellas handelt. Es liegt auf der Hand, daß die Satyrn, die schließlich Halbgötter sind, lange, lange leben. Ich veranschlage das Alter dieses Burschen mit beinahe zweitausenddreihundert Jahren, obwohl mein Kollege Apollonius ihm sogar noch mehr zubilligt. Könnte er reden, würde er uns vielleicht einige höchst eigenartige Einzelheiten aus seinem Leben berichten. Wie das Vorrücken der feindseligen christlichen Gottheit ihn und die Seinen aus den griechischen Bergen vertrieb, und wie sie Zuflucht in unfreundlichen Landschaften suchen mußten. Wie einige Verwandte nach Nordeuropa gingen, um dort zu fremden Gottheiten zu werden, wie Adonis zu Balder, oder Circe zu Lorelei, oder die kleinen Lares Domestici zu Kuckucksuhren und Nippes für die Kommode. Ja, er könnte, glaube ich, viel erzählen.

Von größtem Interesse aber wäre sein Bericht über seine eigene Wanderschaft nach China, seine Verblüffung beim Anblick der Lacktempel und Gebetsmühlen, seinen Ekel vor den heißen gewürzten Weinen Chinas, seine Trauer über die chinesischen Jungfrauen mit den gebundenen Füßen, die nicht zu seiner Flöte tanzen konnten. O ja, der verirrte, verlaufene Halbgott!

Die Satyrn haben, wie ich vermute, ihren Ursprung in den alten pastoralen Zeiten, wo die Männer über lange Zeit hinweg mit ihren Herden auf den Bergen blieben. Unter anderem dürften die Schäfer dann zu ihrer eigenen Beschäftigung und Erheiterung und zur Beruhigung ihrer Herden auf Flöten gespielt haben, so wie er hier eine bei sich hat. Ferner werden sie zweifellos nachts an den Feuern in den Bergen von der Liebe geträumt haben. Männer, wissen Sie, träumen von der Liebe; einsame Männer. Ja, also, sie träumten nachts von der Liebe, und ihre Träume waren von solcher Gewalt, daß sich ihre Kraft auf die Herden übertrug, sie sozusagen färbte – im Zauber des Mondlichts würde sich vielleicht eine Ziege in ein reizendes Mädchen verwandeln... Und dann, wenn die Schafe ihre Lämmer warfen, sah man ein seltsames kleines Wesen unter den wolligen Jungtieren umherhüpfen. Auf seiner Stirn trägt es die Hörner seiner Mutter, seine Füße haben Hufe wie die ihren, doch ansonsten ist er ein Mann. Er wächst heran und beginnt, die langweiligen Schafe und Ziegen zu verachten und die Menschen scheu zu fürchten. Er stiehlt die Flöte seines Vaters und springt davon. Einfaches Volk sieht ihn in der Dämmerung am Ufer eines Sees, und eine neue ländliche Gottheit ist geboren...

Der Satyr sitzt am Spiegel eines Sees und spielt, und selbst die kleinen Fischchen umwimmeln ihn und ahmen die Bewegungen eines Tanzes nach, denn der Klang der Flöte des Satyrs ist unwiderstehlich. Er spielt auf seiner Flöte, und die Blätter an den Bäumen tanzen, und die Würmer stecken die Köpfe aus ihren Löchern und winden sich, und unter den Felsen umarmen sich Skorpion und Skorpion in ekstatischer Hitze... Und schließlich kommt eine Nymphe herzu, um scheu durch das Weinlaub zu spähen...

Aber all das war vor langer Zeit, und dies ist ein alter, alter Satyr. Ich bezweifle, daß er jetzt zu etwas dieser Art in der Lage wäre. Lassen Sie uns in das nächste Zelt gehen und die Seeschlange ansehen. Bitte hier entlang.«

Die ganze Familie Rogers kam an diesem Nachmittag kurz nach zwei auf das Zirkusgelände. Die Kinder waren aufgeregt, weil es in den Zirkus ging; die Mutter war heiter, weil ihr Mann wieder einen Job hatte.

»Also, ich hab jetzt nicht gerade ein Vermögen dabei«, sagte Papa, »aber es wird wohl für ein, zwei von den Sideshows in den Zelten reichen, und dann können wir zur Hauptvorstellung gehen. Was wollt ihr Kinder denn zuerst anschaun?«

Die Kinder konnten zu keinem Entschluß kommen und stritten sich quengelnd.

»Hört mal, ich weiß was«, sagte Mrs. Rogers, nachdem sie sich den Streit eine Weile angehört hatte. »Gehen wir doch zu dem Bären oder Mann oder Russen oder was immer das ist. Ich würde mir das wirklich gern ansehen und schauen, warum es da immer Streit gibt.«

John der Klempner stimmte zu; die Familie machte sich auf die Suche nach dem Bärenzelt. Sie konnten es nicht finden. Dann kam Doktor Lao wieder auf die Plattform, trug wieder sein Gedicht vor und begann wieder über die Show zu reden.

John Rogers ging vor zur Seite der Plattform und rief hinauf: »He, Doc, wo haben Sie denn den großen Bären untergebracht? Wir möchten ihn noch mal sehen. Den, der bei der Parade dabei war heut morgen!«

»Ich nicht velstehen Bälenklam«, sagte der Doktor und stürzte sich wieder in seinen Vortrag.

»Im Zelt zur Rechten, meine Damen und Herren, finden Sie den weltberühmten Magier und Thaumaturgen Apollonius von Tyana, als Zeitgenosse Jesu geboren. Sokrates, sagte man einst, läßt die Menschen auf der Erde, Apollonius hebt sie in den Himmel. Sokrates ist nur ein Weiser. Apollonius ist ein Gott. Nun, er wartet da drüben im nächsten Zelt, um zu Ihrer Erbauung ein, zwei Wunder zu tun. Sie werden feststellen, daß er ein alter, ein sehr alter Mann ist. Er lebt schon seit dem Beginn unserer Zeitrechnung, und man sieht ihm langsam seine Jahre an. Auch hat er erst vor kurzer Zeit Englisch gelernt – nehmen Sie da bitte Rücksicht und lachen Sie nicht, wenn er einen Fehler macht. Bedenken Sie, er ist der Mann, der fünf Jahre lang stumm geblieben ist und nur dem Ratschlag seines eigenen Herzens lauschen wollte, der Mann, der mit den Sterndeutern Chaldäas gesprochen hat (und ihnen Dinge mitteilte, die sie nie erträumt hatten), der Mann, der den Tod von Kaiser Domitian vorhergesagt hat, der Mann, der sich den achtzig Prüfungen Mithras unterzogen hat. Im Zelt hier rechts, meine Damen und Herren. Eintritt zehn Cents. Kinder auf dem Arm der Eltern umsonst.«

»He, Doc«, sagte Rogers der Klempner wieder, »wo steckt der große Bär? Den wollen wir alle noch mal sehen.«

»Ich nicht velstehen Bälengeschichte«, sagte Doktor Lao und fuhr fort:

»Im Zelt hier zur Linken, liebe Leute, befindet sich eine jener verblüffenden Frauen, eine Medusa. Ein Blick aus ihren Augen, und Sie verwandeln sich in Stein.«

Der Doktor zog den Eingang des Zelts hinter sich auf und enthüllte eine Gestalt aus Stein.

»Dies ist der Überrest eines Besuchers aus der letzten Stadt, wo wir unsere Show gezeigt haben. Er ließ sich nicht durch meine Warnung, die Medusa nur in einem Spiegel zu betrachten, beeindrucken. Statt dessen schlich er sich hinter die Absperrung aus Leinwand und starrte ihr direkt ins Gesicht. Und das, meine Damen und Herren, ist von ihm übriggeblieben. Gibt keine sehr attraktive Statue ab, nicht wahr? Ich bitte Sie inständig, meine Damen und Herren, wenn Sie in dieses Zelt gehen, es geht um Ihre eigene Sicherheit: betrachten Sie nur das Spiegelbild. Es ist für uns immer recht peinlich, bei jeder Vorstellung ein oder zwei Kunden zu Stein erstarren zu sehen, abgesehen davon, daß es überaus schwierig ist, der Polizei die Sache zu erklären. Also darf ich Sie nochmals bitten, nur das Spiegelbild der Medusa und nicht die Dame selbst zu besehen.«

John Rogers zupfte am Saum von Doktor Laos Gewand. »Wir wollen gern den großen Bären sehn, Doc, ich und meine Frau und die Kinder. In welchem Zelt ist er?«

Doktor Lao sah stirnrunzelnd auf den Klempner hinab. »Walum ganze Zeit nul Gelede übel Bälenklam? Ich weiß nichts von Bälenklam. Wenn die veldammte Show Ihnen nicht paßt, gehn Sie andelswohin.« Der Doktor breitete die Arme aus und fuhr geschwind mit seinem Vortrag fort:

»Das möglicherweise seltsamste Tier in dieser Menagerie – und sicherlich eines, das keiner von Ihnen zu betrachten versäumen sollte – ist jenes unter allen Tieren einzigartige, der Heckenhund. Den Wiesen und Hecken des nördlichen China entsprungen, ist dieses Wesen das lebende, atmende Symbol des Grünen, des fruchtbaren, dauernden pflanzlichen Lebens, des Überganges zwischen Pflanze und Tier. Die bedeutendsten Wissenschaftler der Welt haben diesen Hund untersucht und sind sich nicht schlüssig geworden, ob er zu Fauna oder Flora zu zählen ist. Sie können sich da, meine Damen und Herren, Ihre ureigene Meinung bilden. Wenn Sie ihn prüfend betrachten, werden Sie erkennen, daß zwar seine Gestalt die eines gewöhnlichen Hundes ist, die verschiedenen Teile seines Körpers jedoch pflanzlich. Seine Zähne beispielsweise sind scharfe starre Dornen, sein Schwanz ein Gewebe aus Farnen, sein Fell ist Gras, seine Krallen Kletten, sein Blut Chlorophyll. Sicherlich ist dies das bizarrste Tier unter dem gleichgültigen Himmelszelt. Wir füttern Holzäpfel und grüne Walnüsse. Manchmal – nicht häufig allerdings – frißt er auch grüne Pflaumen. Gestatten Sie mir, werte Herrschaften, den Rat, sich unbedingt den Heckenhund anzusehen, selbst wenn Sie auf die Seejungfrau oder den Werwolf verzichten müssen. Der Hund ist einzig.«

»Scheint so, als ob ich nicht besonders viel aus dem Alten rauskriege«, sagte der Klempner zu seiner Frau. »Schauen wir uns erst mal was anderes an, vielleicht finden wir den Bär später.«

»Gut, also«, sagte Mrs. Rogers, »schauen wir uns den Zauberer an. Ich glaube, das gefällt den Kindern.«

So gingen der Klempner und seine Familie in das Zelt rechts, um sich Apollonius' Vorstellung anzusehen. Abgesehen von dem Magier waren sie allein im Zelt.

Apollonius sah sie verträumt an, als sie hintereinander in das Zelt marschierten. »Das macht zehn Cents pro Person«, sagte er. John Rogers reichte ihm einen halben Dollar. Der Thaumaturg legte die Münze in eine alte Zigarrenkiste und kratzte sich nachdenklich den Kopf. »Nun, was für eine Art Magie wünschen Sie zu sehen?« fragte er.

»Ich möchte sehen, wie du ein Schwein aus der Tüte hier hervorzauberst«, sagte Alice und hielt ihre kleine Bonbontüte zu ihm empor.

»Nichts leichter als das, mein Kind, nichts leichter als das«, sagte Apollonius. Er schob zwei Finger in die Öffnung der Bonbonpackung und zog ein Poland-China-Ferkel hervor. Es quiekte und zappelte und stieß mit den Füßen. Der Magier gab es Willie. »Behalt das, Junge. Gut füttern. Gibt eines Tages sicher gute Koteletts.«

»Ach du lieber Himmel«, sagte Mrs. Rogers, »wir haben eigentlich keinen Platz für ein Schwein. Die Wohnung ist so klein, wissen Sie.«

»Hm«, machte Apollonius. »Sehr schade.« Er nahm Willie das Schwein wieder ab und steckte es in die Tüte zurück. »Und es war so ein hübsches Schwein. Was soll ich jetzt machen, was meinen Sie?«

»Irgendwelche Kartentricks, die Sie zeigen können?« fragte Mr. Rogers.

»Eine Menge«, sagte Apollonius. Er griff in eine Tasche seines Gewands, holte ein Kartenspiel heraus und mischte es mit einer Hand. Die Karten stiegen und fielen in anmutigen Spiralen und Parabeln, bildeten Pyramiden, vermengten und lösten sich, um immer wieder in ein ordentliches Paket mit geraden Kanten zurückzufallen.

»Das ist keine Zauberei«, erläuterte der Magier, »nur manuelle Geschicklichkeit. Soll ich etwas Wein für Sie in Wasser verwandeln?«

»Warum nicht Wasser in Wein?« fragte der Klempner.

»Das kann ich ebenso mühelos«, sagte der Magier. Er nahm einen Wasserkrug und murmelte einige Worte darüber. Das Wasser färbte sich, ein weicher Weingeruch durchdrang die Luft. Er reichte Mr. Rogers den Krug. »Versuchen Sie einen Schluck.«

John kostete. »Sherry«, sagte er.

Apollonius tat es ihm nach. »Muscat, würde ich sagen«, verbesserte er. »Was meinen Sie, gnädige Frau?«

Mrs. Rogers versuchte den Wein. »Er schmeckt ein

wenig wie der in der Kirche«, sagte sie nachsinnend. »Natürlich ist das der einzige Wein, den ich je getrunken habe, ich weiß also nicht, wie ich vergleichen soll.«

»Nun, dies ist kein Meßwein«, sagte Apollonius, »da bin ich sicher. Aber trinken Sie ihn aus, bevor Doktor Lao es sieht. Er mag keinen Alkohol auf dem Zirkusgelände.«

Edna Rogers zog ihre Mutter am Kleid.

»Mutter, er soll was machen, was uns gefällt«, sagte sie schmollend.

»Magst du Blumen?« fragte Apollonius.

»Bißchen«, sagte Edna.

»Nee, mögen wir nicht«, sagte Willie.

»Ach ja, machen Sie doch ein paar Blumen für die Kinder«, sagte Mrs. Rogers.

Der Thaumaturg vollführte seltsame Gebärden, und Rosenblätter, rosafarben, regneten um die Familie hernieder und hinab auf ihre schäbigen Schultern. Er machte andere Bewegungen, und Veilchen wuchsen um ihre Füße. Schwarze Blumen, gelbgerändert, klommen an den Zeltwänden empor. Malvenfarbene Blumen mit flaumigen Blüten und dünnen grünen Blättern schossen zwischen den Veilchen auf. Eine große graue Blume mit einem haarigen Stengel schwebte über ihren Häuptern. Sie hatte einen Bart wie eine Ziege. Dornen und Stacheln drängten sich an den Rändern ihrer unförmigen Blütenblätter.

Apollonius betrachtete die große Blüte voll Verwunderung. »Meine Güte«, sagte er, »solch eine Blume hab ich noch nie gemacht. Ich frage mich, was das für eine sein könnte. Wissen Sie das, mein Herr?«

»Nee«, sagte der Klempner. »Ich versteh nicht so sehr viel von Blumen. Nur das Übliche, Löwenzahn und so.«

»Nun«, sagte Apollonius, »auf jeden Fall ein Mordsexemplar, was es auch sein mag.«

»Also ich finde, Sie zeigen die tollsten Tricks«, sagte Mrs. Rogers. »Nicht wahr, Kinder?«

Zutiefst getroffen sagte der Magier: »Oh, das sind keine Tricks, gnädige Frau. Mit Tricks übertölpelt man die Leute. Aber dies sind wirkliche Blumen, und das war wirklicher Wein, und ein wirkliches Ferkel. Ich zeige keine Tricks. Ich zaubere. Ich erschaffe, ich forme um, ich färbe, ich transsubstantiiere, ich löse auf, ich füge neu zusammen. Aber niemals arbeite ich mit einem Trick. Würden Sie gerne eine Schildkröte sehen? Ich kann eine überragende Schildkröte erschaffen.«

»Ich würd gern«, sagte Willie. »Ich möchte eine Schildkröte sehen.«

Der Magier stieß ein paar von den Veilchen mit dem Fuß zur Seite, bis die nackte Erde erschien. Davon kratzte er genug zusammen, um zwei Hände zu füllen. Er formte die Erde zwischen den Fingern, glättete sie und bildete sie und tätschelte sie und rieb sie. Sie wurde gelb und dick und nahm Gestalt an.

»Oh. Oh!« sagte Alice. »Schau mal, es verwandelt sich in eine Schildkröte. Mensch, das ist ein wundervoller Trick.«

Apollonius setzte die Schildkröte auf den Boden. Ihr Kopf war in den Panzer zurückgezogen. Er schlug mit einem Zweig leicht auf den Rücken. »Da stecken sie im allgemeinen den Kopf heraus«, erklärte er.

Nach ein paar Sekunden schob die Schildkröte ihren Kopf heraus. Anstelle eines einzigen Kopfes erschienen jedoch zwei, nebeneinander wie die Gabelung eines Astes. Die zwei Köpfe öffneten ihre vier Augen und ihre Münder und gähnten. Dann versuchte jeder der beiden Köpfe, sich in eine andere Richtung davonzumachen.

»Ach du liebe Zeit«, sagte Apollonius mißmutig, »natürlich gerät mir die Sache gerade dann daneben, wenn ich ein besonders sauberes Stück Zauberei zeigen wollte. Man stelle sich vor! Die Erschaffung einer solchen Monstrosität! Zwei Köpfe! Ich muß mich wirklich für meine beschämende Unfähigkeit entschuldigen.«

»Ach, ist schon in Ordnung«, sagte der Klempner. »Das Zeug ist ja wohl ohnehin nicht ganz einfach zu machen, so oder so.«

Andere Leute drängten sich nun in das Zelt, und Doktor Lao folgte ihnen.

»Hör mal, Apollonius«, flüsterte der Doktor, »ich hab den Leuten hier versprochen, du würdest für sie jemand von den Toten auferwecken. Machst du doch, oder? Sie haben alle ihr großes Interesse zu erkennen gegeben.«

»Aber natürlich«, flüsterte der Zauberer zurück. »Aber, Doktor, haben wir eine Leiche?«

»Ich schau mal nach«, sagte der alte Chinese.

Die Menge drängte sich durch die Blumen und erschreckte die Schildkröte, die ihre Köpfe wieder in den Panzer zurückzog. Eine große dicke Frau trat auf das Tier. Sie schaute nach unten, um festzustellen, was da unter ihrem Fuß lag.

»Um Gottes Jesus' willen, Luther, hier drin ist eine Schildkröte!« kreischte sie.

»Wo? Wo?« fragte Luther nervös. »Wo zum Teufel ist sie denn, Kate?«

»Direkt unter meinen Füßen«, schluchzte Kate.

»Die tut Ihnen nichts«, sagte Mr. Rogers. »Ist, glaub ich, eine ganz zahme Schildkröte.«

Luther zerrte Kate zur Seite und starrte auf das Kriechtier hinunter. »Sieht mir gar nicht zahm aus.«

»Die hat zwei Köpfe, nicht wahr, Mutter?« sagte Willie.

»Bei Gott, ich wußte doch, mit der stimmt was nicht«, sagte Luther.

Doktor Lao kam wieder ins Zelt, mit einem langen Bündel in den Armen.

»Ich hab eine«, flüsterte er Apollonius zu.

»Treten Sie jetzt alle bitte zurück, Herrschaften, zurück an den Rand des Zeltes«, ordnete der Doktor an. »Apollonius von Tyana wird jetzt die bedeutendste magische Handlung seit einigen Jahrhunderten vollführen. Vor Ihren eigenen Augen wird er einem leblosen Leichnam das Leben zurückgeben. Vor Ihren eigenen Augen wird ein Toter auferstehen. Und dies, ohne daß Ihnen zusätzlich zu dem Eintrittspreis für dieses Zelt irgendwelche Kosten entstehen würden. Zurücktreten, meine Damen und Herren, bitte zurücktreten! Machen Sie Platz, damit der Mann auch richtig arbeiten kann.«

Apollonius beugte sich hinab und entrollte das Bündel. Ein kleiner runzliger toter Mann, der wohl ein Arbeiter gewesen war, kam zum Vorschein. Er trug Overalls, alte abgetragene Armeeschuhe mit Lederschnürsenkeln, ein blaues Hickoryhemd und einen abgewetzten alten Cowboyhut. Das lederne Schweißband des Hutes zeigte die kunstvoll mit Tintenstift hingeschnörkelten Initialen RK. Einer der ledernen Schnürsenkel in den alten abgetragenen Armeeschuhen des Mannes war gerissen und an verschiedenen Stellen wieder zusammengeknotet. Die Knoten sahen aus, als könnten sie von einem Seemann stammen.

Apollonius legte den Kadaver auf seine Seite und zog die Arme über den Kopf. Er beugte die Knie und schob die Beine etwas auseinander. Der Leichnam sah aus, als schliefe er in einer höchst unbequemen Lage.

Apollonius begann leise und kehlig-dick zu beten. Seine Augäpfel verfärbten sich zu einem toten Grün; eine dünne, schleierige Substanz schwebte ihm aus den Ohren. Er betete und betete und betete. Dem subtilen, feinen Geist des Lebens sandte er seine schreckliche Anrufung.

Dann, ganz plötzlich und als alle es am meisten erwarteten, kam Leben in den toten Mann; er richtete sich auf, hustete und rieb sich die Augen.

»Wo zum Teufel bin ich?« wollte er wissen.

»Sie sind im Zirkus«, sagte der Doktor.

»Na, dann lassen Sie mich mal schnell raus hier«, sagte der Mann. »Ich hab schließlich was zu erledigen.«

Er kam auf die Füße und lief, mit einem leichten Hinken, davon.

Luther ergriff ihn am Arm, als er zur Tür kam. »Hören Sie mal, Mister«, fragte er, »und Sie waren echt tot?«

»So tot wie ein toter Hund, mein Lieber«, sagte der Mann und eilte aus dem Zelt hinaus.

Gegen halb drei kamen zwei Polizisten auf das Zirkusgelände, um die Show mal zu überprüfen und sicherzugehen, daß nichts vor sich ging, was nicht im öffentlichen Interesse lag. Einer der beiden Bullen war ein großer dicker lustig-blöd aussehender Typ, der andere war ein langer dünner häßlicher Mann. Sie trugen Uniformen, Pistolenhalfter und messingglänzende Dienstabzeichen. Doktor Lao entdeckte sie von weitem und schlich sich rasch hinter sie.

»Was ist los? Was geht vol? Velblecheljagd? Was gestohlen? Weshalb veldammtnochmal kommen die Bullen hielhel? Das hiel ist meine Show, bei Gott, klal?«

»Nun regen Sie sich mal nicht so auf«, sagte der dicke Bulle. »Wir sind nur hergekommen, um uns mal umzuschauen. Mach dir also nicht ins Hemd, Schlitzauge. Wir verhaften niemand, der's nicht nötig hat. Wir sind

Beamte, wie wär's, wenn Sie uns mal in ein paar von den Sideshows reinlassen?«

»Fühlen Sie sich wie zu Hause, meine Herren«, sagte Doktor Lao. »Gehen Sie überall hinein, wann immer, wo auch immer. Ich werde die Kontrolleure instruieren, daß Sie in jede Show Ihrer Wahl eintreten dürfen.«

»Na, so hör ich's gerne«, sagte der Polizist. »Was gibt's denn gerade besonders Heißes?«

»Die Sideshows sind sämtlich geöffnet, gehen Sie hinein, wo Sie wollen«, sagte der Doktor. »Nun müssen Sie mich entschuldigen, ich muß meinen Vortrag über die Medusa halten.«

Die Bullen wanderten ein wenig umher, schauten in Zelte hinein, starrten Leute an, nickten Bekannten zu. Sie entdeckten einen kleinen Jungen, der hinten unter dem Segeltuch in ein Zelt hineinkriechen wollte, zogen ihn wieder hervor, brüllten ihn an und schickten ihn weinend nach Hause. Dann beschlossen sie, sich ein paar von den Sideshows anzusehen.

»Wir gehn einfach in eine nach der anderen, der Reihe nach, dann verpassen wir nix«, sagte der dünne häßliche Bulle.

»Genau«, sagte der dicke blöd aussehende Bulle. »Schon je mal so einen dämlichen Zirkus gesehen?«

»Niemals«, sagte sein Spezi. »Gehn wir da rein.«

Sie gingen in das Zelt der Medusa. Innen war es ein weiches Gelb, bestreut mit blaßsilbernen Sternen. An der hinteren Wand hing ein großer Spiegel. Vor dem Spiegel stand eine Kabine aus Zeltleinwand, deren Inneres der Spiegel reflektierte. Man sah nur durch den Spiegel in die Kabine. Kabine wie Spiegel waren durch ein davorgespanntes Seil abgeteilt, so daß man sich ihnen nicht allzuweit nähern konnte.

Auf einer Couch in der Leinwandkabine saß die

Medusa und schnitt sich die Nägel. Ihre Jugend war überraschend. Ihre Schönheit war verwirrend. Die Anmut ihrer Gliedmaßen war aufreizend. Die Spärlichkeit ihrer Kleidung stimmte verlegen. Eine Eidechse rannte an der Leinwandseite der Kabine empor. Eine der Schlangen auf ihrem Kopf schnellte wie eine Peitsche vor und ergriff sie. Die anderen Schlangen kämpften mit der, die die Beute gemacht hatte, um die Eidechse. Das war verblüffend.

»Was zum Teufel ist denn das für'ne Frau?« wollte der große dicke blöd aussehende Bulle wissen.

»Meine Damen und Herren«, sagte Doktor Lao, »dies ist die Medusa. Es handelt sich um eine Sonora-Medusa aus Nordmexiko. Wie ihre Schwestern, die Gorgonen, besitzt sie die Fähigkeit, Sie in Stein zu verwandeln, wenn Sie ihr ins Auge sehen. Daher das Arrangement mit dem Spiegel, um unsere Kundschaft zu schützen. Ich bitte Sie sehr, Herrschaften, sich mit ihrem Spiegelbild zufriedenzugeben und nicht um den Rand der Kabine herum einen neugierigen Blick zu riskieren. Sollte jemand dies tun, prophezeie ich einen traurigen Ausgang.

Zunächst aber: Sehen Sie sich die Schlangen an. Sie werden bemerken, daß die meisten Tantillas sind, die kleinen braunen Exemplare mit schwarzen Halsringen. Gegen den Hinterkopf zu jedoch können Sie einige graue, schwarzgefleckte Schlangen sehen. Das sind Nachtschlangen, *Hypsiglena ochrorhyncus,* wie der lateinische Name lautet. Und die Ponyfransen sind Blaßschlangen, *Arizona elegans,* bemerkenswerterweise. Eine von denen hat eben eine Eidechse gefangen; manche unter Ihnen werden es bemerkt haben. Auch die Nachtschlangen fressen kleine Eidechsen, die Tantillas aber ernähren sich ausschließlich von Larven und ähnlich kleinen Würmern. In kälteren Klimazonen ist ihre Fütterung gelegentlich mit Schwierigkeiten verbunden.

Ein Dozent von der Belvedereklinik hat, glaube ich, als erster darauf hingewiesen, daß es sich bei den Schlangen einer Medusa regelmäßig um die gewöhnlicheren Schlangenarten der Lokalität handelt, wo sie geboren wurde; daß sie niemals giftig sind; daß stets verschiedene Spezies vertreten sind; daß sie sich unabhängig von der Frau, welche sie schmücken, ernähren. Dieser Arzt war hauptsächlich an den Schlangen und erst in zweiter Linie an der Medusa interessiert, insofern lassen seine Beobachtungen viel zu wünschen übrig, soweit es die Zwecke unserer Sideshow hier betrifft. Ich habe jedoch selbst diese Medusa und mehrere andere einem eingehenden Studium unterzogen und bin deshalb in der Lage, Ihnen ein wenig über sie mitzuteilen.

Der Ursprung der Medusen ist der Wissenschaft ein Rätsel; ihr Ort auf der Stufenleiter der Evolution ein Geheimnis. Ihre Funktion im großen ausgleichenden Kreislauf des Lebens ist ein Mysterium. Denn sie gehören zu jener seltsamen Zwischenwelt unbiologischer Wesen, zu deren hervorragenden Repräsentanten die Chimäre, das Einhorn, die Sphinx, der Werwolf und der Heckenhund sowie die Seeschlange gehören. Ich rede von einer unbiologischen Ordnung, da sie keinem der bekannten Gesetze der Vererbung und Umweltbeeinflussung gehorcht, sich nicht um die natürliche Zuchtwahl schert, jedem menschlichen Versuch, einen vernünftigen Lebenszyklus auszuarbeiten, mit Verachtung begegnet, möglicherweise unsterblich ist und sicherlich unmoralisch; Anabolie kennt, aber keine Katabolie, Brunft, aber keine Reproduktion – keine Eier legt, keine Nester baut, sucht, aber nicht findet, umherstreift, aber nicht ruht. Noch säen und ernten die zu ihr gehörigen Wesen; sie sind die Tiere, die nicht der Herr der Hebräer geschaffen hat, damit sie seinem Eden zur Zier gereichen. Sie gehören nicht zu den Ergebnissen seiner sechstägigen Arbeit. Sie sind die spielerischen Ausgeburten, die beiläufigen Produkte des Universums und nicht der Arten; sie sind die bizarren Kinder, welche die Lust der Sphären hervorgebracht hat.

Die Mystik vermag sie zu erklären, wo die Wissenschaft verstummt. Hören Sie zu: Als die große geheimnisvolle Fruchtbarkeit, die auf den Befehl der Götter hin die Welten bevölkert hatte, zu Ende war mit ihrem Gebären, als alle himmlischen Hebammen sich zurückgezogen hatten, als das Leben im Universum begonnen hatte, da fand sich der Ursprungsschoß noch immer unerschöpft, seine Lenden immer noch mächtig. So zuckte diese schreckliche Fruchtbarkeit in einem letzten wilden Ausbruch des Lebengebens auf ihrem Lager und gebar diese Alptraumwesen, diesen Auswurf der Welt. Die Alten haben diese einstige Zeugung mit dem schwachen Symbol der Ephesischen Diana darzustellen versucht, um deren Gewand und Schultern seltsame Tiere streichen; deren zahlreiche Brüste sie saugen, in deren Lockenhaar sie kämpfen. Vielleicht hat die Natur selbst von dieser ersten Mutterschaft geträumt, als ihr evolutionärer Prozeß die Surinamkröte hervorbrachte, in den zentralamerikanischen Ländern, südlich von hier, jene phantastische Kröte, die ihre Jungen durch die Haut ihres Rückens hindurch zur Welt bringt. Ja! Vielleicht erschienen diese antibiologischen Wesen durch die Rückenhaut der großen Lebensmutter. Ich weiß es nicht!

Diese Medusa hier ist noch jung. Ich würde ihr Alter auf weniger als hundert Jahre schätzen. Kenner weiblicher Schönheit haben mir versichert, daß sie ungewöhnlich attraktiv ist, daß sie über eine Schönheit verfügt, weit lieblicher als die, welche das gewöhnliche menschliche Mädchen besitzt. Und ich muß gestehen, daß im leichten

Schwung ihrer Arme, in der Rundung ihrer Brüste, den Linien ihres Gesichts zweifellos vieles liegt, das Künstlerische in einem Manne zu reizen. Doch sie ist eine mürrische Medusa. Manchmal versuche ich mit ihr zu reden, herauszufinden, was sie davon hält, dazusitzen und die ganze Welt in einem Spiegel wahrzunehmen, wo sie doch in der Lage wäre, eine Stadt zu entvölkern, indem sie lediglich durch die Straßen ginge und die Passanten ansähe.

Doch sie will nicht mit mir reden. Sie schaut mich nur gelangweilt im Spiegel an (oder mitleidig? amüsiert?) und liebkost ihre Schlangen, wobei sie wohl an den Letzten denkt, den sie getötet hat.

Ich erinnere mich an einen Vorfall vor ein paar Jahren, als wir unsere Show in der chinesischen Stadt Shanhaikwan zeigten, am äußersten nördlichen Ende der Großen Mauer. Die Medusa und einige der anderen Nummern meines Zirkus waren etwas kränklich nach einer langen Seereise, und der ganze Zirkus machte einen schlaffen Eindruck, der fürs Geschäft katastrophal war. Nun, wir stellten also unsere Zelte in Shanhaikwan auf und beabsichtigten, bis zur Gesundung unserer Tiere dort zu bleiben. Es war Sommer; der Bergwind aus der Mandschurei war erfrischend. Wundersamerweise herrschte dort gerade kein Krieg, denn dies ist auf der ganzen Erde der Ort, der am meisten von Kriegen geschüttelt wird – und wir beschlossen, eine Weile dort zu bleiben und unser gewohntes gleichmütiges Wohlbefinden wiederzuerlangen.

Matrosen waren in der Stadt, Matrosen aus fremden Ländern, die Landurlaub von ihren Kriegsschiffen hatten, und sie kamen in meinen Zirkus. Es war eine Bande betrunkener Schweine, aber sie bezahlten ihren Eintritt, und ich ließ sie ein. Sie sahen die Medusa und dachten – da sie Esel waren –, sie sei bloß ein Mädchen, das ich mit ein paar Schlangen ausstaffiert hätte, um die Leute zu täuschen! Als ob man sich solche Mühe geben müßte, um die Leute zu täuschen! Aber, wie gesagt, sie dachten, die Medusa sei ein Betrug, und in ihre Schönheit verliebt und als lustigen Streich planten sie, sie eines Nachts zu entführen, zum Strand hinunter mitzunehmen, sie zu vergewaltigen und dann zurückzulassen.

Also schlichen sich diese Matrosen in einer dunklen Nacht, als der Mond hinter einer Wolkenbank lag, in den Zirkus, schnitten mit ihren Messern ein Loch in das Zelt der Medusa und holten sie heraus. Da die Nacht so finster war, daß sie ihr Gesicht nicht sehen konnten, waren sie zumindest für den Augenblick sicher.

Apollonius und ich kehrten gerade aus einer Weinstube zurück und entdeckten plötzlich, als wir schwankend und diskutierend zu unserem Zelt kamen, was geschehen war. Ich war sehr zornig und wollte die Seeschlange auf die Räuber und Mädchenschänder loslassen, doch Apollonius sagte nein: der Mond würde bald hervortreten und die Angelegenheit sich von selbst regeln. So beruhigte ich mich, und wir warteten und schauten.

Zehn betrunkene Matrosen waren es. Bleich wie Gespensterfleisch waren ihre weißen Uniformen in der schwarzen Dunkelheit. Wie ich sagte: Sie schnitten das Zelt mit ihren Messern auf, ergriffen die Medusa, knebelten sie und trugen sie hinab zum Strand. Als sie mit ihr eben durch die Dünen gekommen waren, trat der Mond hinter seinem Schleier hervor. Und ich nehme an, die Matrosen standen in einem Halbkreis um die Medusa, denn am nächsten Morgen, als Apollonius und ich hinuntergingen, lagen zehn Matrosen aus Stein im Sand, so wie sie nach einem Blick sie verlassen hatte, und das trunkene Grinsen stand noch auf ihren dümmlichen trunkenen Gesichtern. Noch heute, möglicherweise, denn dieses Grinsen war in Stein gegraben. Ich sage Ihnen also, es bringt nichts, mit einer Medusa seinen Spaß treiben zu wollen. Gibt es noch Fragen? Falls nicht, schlage ich vor, daß wir weitergehen und die Sphinx ansehen.«

Eine große dicke Frau in der Menge sagte: »Also, ich glaub ja kein Wort von dem, was Sie da erzählen. So einen Blödsinn hab ich noch nie in meinem ganzen Leben gehört. Leute in Stein verwandeln! Also wirklich!«

Ein kleiner Mann neben ihr sagte: »Jetzt, Kate, fang doch nicht vor all den Leuten hier an.«

Kate sagte: »Du sei still, Luther! Ich sage, was ich verdammt noch mal sagen will.«

Doktor Lao sagte: »Gnädige Frau, die Rolle der Skeptikerin steht Ihnen nicht gut zu Gesicht; es gibt Dinge auf der Welt, welche selbst die Erfahrung eines ganzen in Abalone, Arizona, verbrachten Lebens sich nicht vorstellen kann.«

Kate sagte: »Na, Ihnen zeig ich's! Ich stell Sie bloß vor allen Leuten, Sie Lügner!«

Und Kate drängte sich durch die Zuschauer zu der mit einem Seil abgesperrten Leinwandkabine, wo die Medusa lässig saß.

»Im Namen des Buddha, haltet sie auf!« kreischte Doktor Lao.

Doch Kate bückte sich unter das Seil und streckte ihren Kopf um den Rand der Kabine. »Du Flittchen«, begann sie, aber ehe sie eine vierte Silbe bilden konnte, war sie zu Stein erstarrt.

Später, als alles durcheinanderlief und man sich fragte, was hier wohl zu tun war, untersuchte ein Geologe von der Universität Kate. »Reiner Chalzedon«, sagte er. »Hübscheste Farbstruktur, die mir je untergekommen ist. Karneolchalzedon. Hervorragendes Baugestein.«

Ed und Martha, der Bahnbeamte und seine Frau, gingen mit ihren beiden Söhnen um vierzehn Uhr fünfundzwanzig in den Zirkus.

»So einen komischen Zirkus hab ich aber noch nie gesehen«, sagte Martha. »Bist du sicher, daß wir hier richtig sind, Ed?«

»Absolut, Liebling.«

»Nun, dann ist es wohl das Beste, wir schauen uns ein paar von den Sideshows an. Hier ist ein Zelt mit einer Seejungfrau. Laß uns doch da reingehen.«

»Also, ich muß sagen, Martha, ich leg nur ungern Geld hin für irgendwas, wo es ganz klar ein Schwindel ist. Wir wissen beide, daß es so was wie eine Seejungfrau nicht gibt. Schaun wir uns noch weiter um. Macht mir nichts aus, wenn man mich hinters Licht führt und ich merk's erst hinterher, das isses nicht. Aber schon der Gedanke, Geld hinzulegen für etwas, wo ich ganz klar weiß, das ist ein Schwindel, das ist mir irgendwie zuwider.«

»Vielleicht isses kein Schwindel, Papa«, meinte Ed junior.

»Sag nicht ›isses‹, Schatz«, korrigierte Mama geduldig.

»Schaun wir uns die Schlange an«, schlug der kleine Howard vor.

»Oooh, Schlangen machen eure Mutter so nervös.« Mama schauderte.

»Was machen wir dann? Die ganze Zeit bloß rumstehen?« fragte Howard.

»Jetzt red du nicht so mit deiner Mutter, oder dein Vater bringt dir Manieren bei, wenn wir wieder daheim sind«, drohte der Bahnbeamte.

Howard fing an zu weinen.

»Und fang hier nicht an rumzuheulen, oder ich bring sie dir gleich bei.«

Howard hörte auf zu weinen.

»Vielleicht wär dieser Heckenhund da interessant«, sagte Martha und betrachtete die Aufschrift einer Fahne, die von einem Zelt in ihrer Nähe flatterte.

»Nein«, sagte Ed, »das bringt nichts. Nur ein grüngestrichener Hund, hab's heute morgen bei der Parade gesehen.«

»Ach, Mensch, Papa, schaun wir doch irgendwas mal an«, bat Ed junior.

»Offen gesagt, Martha«, sagte Ed, »ich glaub gar nicht, daß hier irgendwas dabei ist, was wir ansehen bräuchten. Hätten gar nicht kommen sollen. Das hätt ich mir nie träumen lassen, daß jemand versucht, seinem Publikum so einen Haufen Blödsinn anzudrehen.«

Doktor Lao kam auf seinem Weg zum Medusenzelt vorbei.

»Was ist los hiel? Sie immel glauben, Sie welden betlogen. Ich betlüge nicht. Sie kommen hielhel, um zu schauen, also schauen! Können veldammt nochmal übelall umsonst hinein, ganze veldammte Familie glatis! Sie sehen dann schon, ich betlüge Sie nicht. Das ist kein Betlug hier. Das ist meine Show, bei Gott, klal?«

Er schob den Bahnbeamten und seine Familie in das Zelt mit dem Rukh-Ei und rannte weiter.

»Das ist der Chef von dem Zirkus«, erklärte Ed verlegen seiner Frau. »Muß wohl gehört haben, was ich gesagt habe, mit Schwindel und so. Was um alles in der Welt ist denn das hier?«

»Draußen stand angeschrieben: Das Ei vom Vogel Rukh«, sagte Martha.

Das Ei ragte wie ein Monolith vor ihnen auf. Pockennarbigen Vertiefungen in der Schale, groß wie Golfbälle, entsickerte ein dünnes wässriges Sekret.

»Sieht schon aus wie ein Ei«, stimmte Ed ihr zu.

»Aber das ist ja lächerlich, daß irgendein Ei so groß sein soll.«

»Aber es ist ja so groß, oder, Papa?« fragte Howard.

»In gewisser Weise schon, mein Junge, in gewisser Weise schon.«

»Und was machen wir jetzt? Dastehen und es anschaun?« fragte Ed junior.

»Nun sei nicht so ungeduldig, Liebes«, sagte Mama.

»Jetzt hab ich's, glaub ich«, sagte der Bahnbeamte, »jetzt paßt mal auf. Das ist gar kein Ei. Das ist Zement oder was, halt auch ein Schwindel. Ein Ei so groß, das gibt's einfach nicht.«

»Ja, aber es sieht doch so groß aus, Papa«, sagte Howard.

»Howard!« sagte Mama warnend.

»Und warum fließt dann das ganze Wasser da raus?« fragte Ed junior.

»Ach, das kommt oft vor, daß Zement bei heißem Wetter schwitzt, wenn's schlampig gemacht ist«, sagte Papa. »Er hat Poren, verstehst du, und saugt in einer kühlen Nacht Feuchtigkeit auf. Und wenn es dann heiß wird wie heut nachmittag, dann sammelt sich die Feuchtigkeit und läuft raus. Sozusagen wie ein Wasserkrug. Kapillarität nennt man das.«

»Mensch, Papa, du weißt einfach alles, hm, Papa?« sagte Howard.

»Na, ich kann jedenfalls einen Klumpen Zement von einem Ei unterscheiden«, gab der Bahnbeamte zu.

Aus dem Ei drangen jetzt knarrende Geräusche. Es schien sich ein wenig zu bewegen, und von seinem Scheitelpunkt her drang ein klopfendes Geräusch. »Die Hitze dehnt es aus«, sagte Papa.

Das Klopfen wurde lauter. Ein irritierendes Kratzen begleitete es. Das Ei zitterte und rollte ein wenig hin und her. »Alles zurück«, sagte Papa. »Sieht aus, als ob das Ding umfallen will.«

Ein knirschendes, kreischendes Geräusch kam von der Spitze des Eis. Ein Stück der Schale fiel vor ihre Füße. Ein gelber Schnabel, groß wie eine Pflugschar, ragte aus dem Ei hervor.

»Mein Gott, da schlüpft etwas aus«, sagte Mama.

»Alles zurück«, befahl Papa.

Die Spitze des Eis splitterte und bröckelte, und aus der aufgerissenen Öffnung steckte ein Rukh-Küken seinen zerzaust-flaumigen Kopf heraus und schaute zu ihnen herab. Törichte Federchen – groß wie Straußenfedern – schmückten seine graue Haut, und das Gelb seiner Mundwinkel war so gelb wie Butter. Dann zerfiel das Ei vollständig, und das Rukh-Küken stand klagend im Schutt der Eierschalen. Es öffnete den Schnabel und schrie vor schrecklichem Hunger.

»Los, mitkommen, gehn wir raus hier«, sagte der Bahnbeamte.

»Das war nicht wirklich Zement, oder, Papa?« fragte Howard.

»Howard, jetzt stell bitte keine Fragen mehr«, sagte Mama.

Papa sagte: »Gehen wir heim, Martha. Gefällt mir nicht hier.«

»Gut«, sagte Martha lächelnd.

Am Straßenrand, wo das Zirkusgelände endete, hinderte sie ein großer Lastwagen daran, in ihr eigenes Auto einzusteigen. Ein paar derb aussehende Männer wuchteten einen großen Steinklotz auf die Ladefläche. Der Bahnbeamte erkannte einen Mann, der neben dem Lastwagen stand; er rief ihm zu:

»Hallo, Luther! Was gibt das hier, hast du im Zirkus 'ne Statue gekauft?«

Luther sah ihn säuerlich an. »Das ist keine Statue«, sagte er, »das ist Kate.«

Den Duft von Grasauen, Rasenflächen und hekkenbestandenen, gebüschreichen Orten in sich zusammenfassend, steht dieser singuläre Behemoth unter den Hunden allein im geheimnisvollen Lexikon des Lebens. Die meisten anderen Kuriositäten dieses Zirkus haben, wie ich zu meinem Bedauern gestehen muß, irgendeinen Makel des Bösen, des Hysterischen, nicht jedoch dieser herrliche Hund. Er ist so sanft und süß wie frischgemähtes Heu, in dem die Kleeblüten noch nicht verwelkt sind. Er ist so sonnig wie die betauten Morgen, die seine Graseltern so sehr lieben. Er ist ein prächtiges Tier – wenn man ihn Tier nennen kann. Auch muß man sagen, daß ich ihn zwar mit dem männlichen Geschlecht benenne, eine solche Bezeichnung jedoch sehr ungenügend ist. Tatsächlich besitzt dieser Hund Geschlecht nur in dem Sinne, in dem eine Seerose Geschlecht hat. Er ist der einzige seiner Art auf der ganzen Welt – kein Partner, keine Partnerin, nicht Vater, Mutter oder Nachkommenschaft. Dieser Hund ist so maskulin wie ein Meerrettich, so feminin wie ein Kohlkopf, er hat soviel von Fleischeslust wie eine Tigerlilie und soviel Leidenschaft wie ein Rosenstrauch.

Wir haben ihn in Nordchina gefunden, wo entlang den Kanälen die üppigen Reisfelder wachsen, und wo es Gras und kleine Hecken gibt. Lange, lange Zeit war dieses Land nur versengter Staub gewesen, wo kein grünes Ding irgendwo gewachsen wäre. Dann wurden die Kanäle angelegt und brachten ihm Wasser, und es begannen liebliche grüne Pflanzen auf seiner trockenen Haut zu sprießen. Was steril geschienen hatte, glänzte vor Fruchtbarkeit. Und als Symbol und Verkörperung dieser überschäumenden Fruchtbarkeit gaben Gras und Kraut und Blumen und Hecken und Sträucher je ein klein wenig von ihrer eigenen Substanz und erschufen diesen Hund, wahrlich eine beispiellose Leistung in den Annalen des Gartenbaus.

Wir sahen zuerst, wie er in der Abenddämmerung zwischen den Hecken spielte – er sprang, rollte sich umher, biß in die Früchte und Beeren der Heckensträucher, scharrte kleine Löcher in den Boden und schob mit seiner Schnauze verirrte Samenkörner in die Erde. Von uns aufgeschreckt, rannte er in großen, durch das Kraut reißenden Kreisen umher, huschte durch die Gräser oder verschwand hinter Hecken, so schnell, daß das Auge ihm kaum folgen konnte. Sein wunderbares Grün schlug uns in seinen Bann. Wir hatten auf der ganzen Welt noch nie so einen schönen Hund gesehen.

Also fingen wir ihn. Aus seinen merkwürdigen Augen sah er uns an – Augen wie zwei grüne, noch nicht gereifte Samenkapseln. Er war ohne jede Aggressivität. Sein Schwanz aus Farnen wedelte leise und strich über seine Flanken aus grünem, grünem Gras. Aus seinem hechelnden Mund troff Chlorophyll. Um seinen Hals hatte sich eine dünne Grasschlange gewunden, und seine blättrigen Ohren beherbergten grüne Heuschrecken und winzige schwarze Grillen.

In den Maschen unseres Netzes stand er und sah uns an. Ach, der erste Anblick aus der Nähe, den sein großes grünes herrliches Haupt bot! Er stand im Gras, bis zu den Schultern in den frischen grünen Gräsern – Gras, dem er entstammte, das er liebte. Mit ihren schmalen grünen Fingern suchten die Gräser ihn zu liebkosen und ihn vor uns zu bergen. Mit ihrem Grün versuchten sie sein Grün in sich zurückzunehmen, ihn zu verstecken, zu beschützen – diesen ihren Sohn. Ich sage Ihnen, nichts auf der

Welt hat mich je so durchschauert und begeistert wie der erste Anblick des Heckenhundes, und ich habe seit über hundert Jahren Tiere bewundert und studiert. Ich sagte: Hier haben wir das Meisterwerk allen Lebens: hier, in diesem unübertrefflichen lebenden Körper, der weder Pflanze ist noch Tier, sondern das makellose Gleichgewicht von beidem. Hier sehen wir eine Masse lebender Zellen, die in sich so perfekt und vollständig ist, daß sie keines Ventils der Vermehrung bedarf, denn sie ist es zufrieden, zu wissen, daß auch eine tausendfältige Vermehrung ihrer Form ebensowenig wie die evolutionären Veränderungen von Tausenden von Generationen ihre eigene sieghafte Vollständigkeit irgendwie verbessern könnte.

Von völliger Unbeflecktheit war seine Empfängnis unter den demütigen Gräsern und Kräutern. Alles zertritt sie, verschlingt sie, pflügt sie ins Erdreich und zerstört sie. Doch sie dauern fort, sie sind schön und bewahren ihre Sanftheit ohne Zorn. Doch einmal überkam sie eine große Leidenschaft, eine reine Leidenschaft, welche wir nie genau begreifen werden – Auflehnung lag darin und anderes, was den Gräsern fremd ist; und aus dieser seltsamen Leidenschaft der Pflanzen wurde der Heckenhund empfangen und geboren.

Und auch Verwunderung überkam mich, denn ich hatte immer geglaubt, daß Schönheit eine Modifizierung von Sexualität wäre. Das Leben singt das Lied des Sexus; der Sexus ist der Schrei des Lebens; Brunft und Gebären der Tanz des Lebens. Vermehrt, vermehrt, vermehrt euch! Füllt die Schöße der Welt, füllt sie wieder! Anschwellung, Erguß; Herausschleudern von Sporen und Samen und Eiern und Knospen. Die Energie der Geburt, die Sterilität des Todes. So, dachte ich, war das Leben, und des Lebens Mittel zum Zweck war es, daß schließlich und endlich, nach beinahe unendlichen Jahrhunderten des Experiments, das vollkommene Lebewesen hervorgebracht werden möge.

Hier aber war dieser Hund, Ergebnis keines Prozesses des Experimentierens, frei von Lust, nicht mit uralten Ängsten und Instinkten beladen. Und ich fragte mich, ob nicht in diesem Heckenhund der Höhepunkt aller Versprechungen des Lebens zu finden war. Denn hier verkörperten sich Schönheit und Sanftheit und Anmut, nur Wildheit und Schlauheit und Lust fehlten.

Und ich fragte mich: Ist dies eine Spur zum Ziel des Lebens?«

Doktor Lao streckte seine Hand in den Käfig und streichelte den Kopf des Hundes. Das Tier seufzte wie das Murmeln des Windes durch Sykomorenzweige.

»Wovon zum Teufel redet dieser Chineser eigentlich?« fragte Quarantäneinspektor Nr. Eins.

»Kannst mich schlagen, wenn ich das verstehe«, sagte Quarantäneinspektor Nr. Zwei. »Jetzt gehn wir mal zu der Seejungfrau. Der verdammte Hund sieht mir ohnehin nach einem Schwindel aus.«

Sie lag schlaff ausgestreckt in ihrem Salzwassertank, und ihr hin und her fächelnder Fischschwanz rührte salzige Bläschen auf, die ihre kleinen Brüste umschäumten; etwas Gischt hing in ihrem wilden blonden Haar. Ihr meergrüner glattgeschuppter Fischschwanz krümmte sich im Wasser, und die Fächerflosse an seinem Ende war rosa wie bei einer Forelle. Sie sang ein kleines süß-melodisches Liedchen von den fernen Wellen, denen man sie entrissen hatte, und die Goldfische, die mit ihr in dem Tank schwammen, hoben sich auf ihren unruhigen Flossen empor, um zu lauschen. Sie lachte über die kleinen roten Fische und schob sie mit ihren schmalen Händen durch die Wasserwellen. Sie kamen zu ihr und knabberten um ihre Schultern und schwammen in den Strähnen ihres vom Wasser getragenen Haares ein und aus. Anmutig wie ein Fisch war sie und schön wie ein Mädchen, und seltsamer als beide; und die beiden Quarantäneinspektoren waren schockiert, weil sie keinen Badeanzug trug.

»Wir haben sie im Golf von Pei-Chihli gefunden«, sagte Doktor Lao. »Dort fanden wir sie, auf den braunen, schlammigen Wogen. Die waren braun und schlammig, weil es über dem Festland geregnet hatte und die kleinen Flüsse den Schlamm ins Meer hinaus getragen hatten. Und nachdem wir sie gefunden hatten, stießen wir auf die Seeschlange, und auch sie oder besser ihn fingen wir. Es war ein sehr glücklicher Tag für uns. Doch manchmal, glaube ich, sehnt sie sich nach ihrem großen grauen Ozean. Es widerstrebt mir, sie hier in diesem Tank eingesperrt zu halten, aber ich wüßte nicht, wie ich sie sonst unterbringen sollte. Ich glaube, ich werde sie eines Tages freilassen, wenn wir unsere Show an einer Küste zeigen. Ja, in der Morgendämmerung werde ich sie hinaustragen, wenn niemand sonst zugegen ist, und mit ihr zum Meer gehen. Bis zu den Hüften werde ich mit ihr ins Wasser gehen, und dann werde ich sie niedergleiten lassen, und sie wird davonschwimmen. Und ich werde dastehen, ein merkwürdiger, töricht aussehender alter Mann, bis zu den Hüften im Wasser, voll Trauer über die Schönheit, die ich mir gerade habe entgleiten lassen, voll Trauer über die Schönheit, die ich berühren, jedoch nie ganz begreifen konnte. Und wenn mich dann jemand sieht, wie ich in der Morgendämmerung halb im Meer stehe, wird er mich sicherlich für verrückt halten. Aber glauben Sie, daß sie vielleicht, wenn sie ein Stück hinausgeschwommen ist, mir eine Kußhand zuwerfen wird? Ach Gott, hätte ich sie nur sehen können, als ich ein junger Mann war! Die Versenkung in ihre Schönheit hätte vielleicht mein Leben verändert. Schönheit vermag das, nicht wahr?

Ja, ich glaube, ich werde sie zum Meer hinabtragen und ihr die Freiheit geben. Und dastehen und zusehen, wie sie in die Flut hinausschwimmt. Aber ich frage mich: Wird sie sich umdrehen und mir winken? Was meinen Sie, mein Herr?«

»Ähm, schwer zu sagen«, sagte Quarantäneinspektor Nr. Zwei.

»Was füttern Sie bei der, Doc?« fragte Inspektor Nr. Eins.

»Fisch und Meeresfrüchte«, sagte der Doktor. »Sehen wir uns die Sphinx an.«

Das stumpfnasige Frauengesicht des Wesens starrte die beiden Inspektoren an, die dem Chinesen in das Zelt folgten. Der Löwenschwanz zuckte ein wenig, Fliegen verscheuchend. »Sie bringen schon sehr merkwürdige Leute hier ins Zelt, Doktor Lao«, sagte die Sphinx vorwurfsvoll.

»Alles im Interesse des Geschäfts«, sagte der Doktor.

»Gottes willen! Kann das sprechen?« fragte ein Inspektor.

»Selbstverständlich«, sagte der Doktor, während die Sphinx gelangweilt dreinsah.

»Was ist das, ein Männchen oder ein Weibchen?« fragte der andere Inspektor.

Doktor Lao war peinlich berührt. »Kommen Sie mit nach draußen, und ich werde es Ihnen sagen«, sagte er leise.

Außen vor dem Zelt sagte er geheimnisvoll: »Ich wünschte, Sie hätten diese Frage nicht vor der Sphinx gestellt. Wissen Sie, die Antwort lautet: weder – noch, beziehungsweise: beides.«

»Nee, wie geht denn so was?« fragte der erste Inspektor.

»Haben die Herren noch nie von diesem Phänomen gehört? Wirklich, Sie setzen mich in Erstaunen. Vor langer Zeit hat ein Mann namens Winckelmann es herausgefunden, indem er sich kleine afrikanische Sphingen genau angesehen hat. Sie sind tatsächlich gleichzeitig männlich und weiblich – ein Zustand der Bisexualität, wie man das nennt.«

»Also so was«, sagte Inspektor Nr. Zwei. »Komm, Al, gehn wir noch mal rein und schauen uns das Ding mal an.«

Frank Tull, der Rechtsanwalt, rief seine Frau kurz nach zwei aus dem Büro an und fragte, ob sie Lust hätte, in den Zirkus zu gehen.

»Nein«, sagte sie, »aber du solltest hingehen und dir den Mann einmal genau ansehen, von dem du gedacht hast, er sei ein Bär. Dann siehst du vielleicht ein, wie leicht es gehen kann, daß man etwas sieht und im Zeugenstand Stein und Bein schwört, etwas völlig anderes gesehen zu haben.«

»Aber Liebling«, sagte Frank, »wieso zum Teufel willst du jetzt unbedingt böse mit mir sein? Ich dachte, du hättest das schon längst vergessen. Ich hab doch gesagt, es war ein Mann, oder?«

»Ja, aber das hast du nur gesagt, damit ich meinen Willen habe. Und wenn ich etwas hasse, dann, daß man mir meinen Willen läßt – vor allem, wenn ich weiß, daß ich im Recht bin.«

»Nun gut, Liebes: Komm mit und geh mit mir zusammen hin. Und dann sehen wir uns beide das Ding gemeinsam an, und wer immer im Unrecht ist, entschuldigt sich beim anderen. Wie hört sich das an?«

»Mein Gott, Frank, ich weiß doch ganz genau, daß es ein Mann war! Ich sehe überhaupt nicht ein, daß ich in diesen heißen Zirkus gehen soll, nur um mir das nochmals zu bestätigen. Aber geh du hin, und ich werde dann sehr liebenswürdig reagieren, wenn du nach Hause kommst und dich dafür entschuldigst, wie du mich heute morgen verspottet hast.«

»Jetzt bist du aber sehr unvernünftig, Liebling.«

»Ich sehe mich im Gegenteil als die verkörperte Vernunft, wenn ich bedenke, wie du gelacht und gegackert hast, und all diese Bosheiten, daß ich eine Brille brauche. Wenn ich meiner Empörung freien Lauf gelassen hätte, wäre es zu einer Szene gekommen, die wahrscheinlich erst vor dem Scheidungsrichter geendet hätte.«

»Hör mal, Süße, bist du wirklich noch wütend wegen der Zirkusparade, oder ziehst du mich nur auf?«

»Nein, ich bin nicht wütend, Frank. Aber aufziehen tu ich dich auch nicht.«

»Also, mir wäre es lieb, wenn du dich anders entschließen und mitkommen würdest.«

»Nein, Frank, ich hab wirklich keine Lust. Geh du allein und amüsier dich, Liebling.«

»Nun... bis dann.«

»Bis dann.«

Also sagte Frank zu seiner Sekretärin, sie solle allen Klienten, die vielleicht vorsprechen würden, sagen, er sei in einer halben Stunde zurück; und dann ging er hinaus, stieg in seine Limousine und fuhr die Main Street hinunter zum Zirkusgelände.

Ein von vielen Künsten geprägter, vielfach künstlicher Mann war der Rechtsanwalt Frank Tull: Seine Zähne hatte ihm ein Zahnmediziner gefertigt und hatte sie seinen Kiefern angepaßt. Seine schwachen und matten Augen sahen die Welt durch zwiefache Brillengläser, die so verzerrt waren, daß nur durch sie hindurch die Verzerrung von Franks Augen selbst zu einer korrekten Wahrnehmung der Dinge gelangen konnte. In seinem Schädel trug er eine Silberplatte, die ein Loch beschützte, durch welches ein Gehirntumor entfernt worden war. Eines seiner Beine war aus Metall und Kunstfaser; es nahm den Platz des Beins aus Fleisch und Blut ein, das seine Mutter ihm in ihrem Leib gegeben hatte. Um seinen Körper lief eine Vorrichtung, die seinen doppelseitigen Bruch stützte und verhinderte, daß ihm die Eingeweide herausrutschten. Ein Bruchband hielt sein Scrotum davon ab, unangemessen weit hinabzuhängen. In seinem linken Arm nahm ein Platindraht die Stelle des Humerus ein. Jede zweite Woche ging er in die Klinik und bekam entweder eine Salvarsaninjektion oder eine Dosis Quecksilber (entsprechend der Injektion vor vierzehn Tagen), damit die *Spirochaeta pallida* nicht zuviel Macht über ihn gewann. Zu verschiedenen Gelegenheiten unterzog er sich einer Prostatamassage, beziehungsweise tiefgreifenden Spülungen, die einem weiteren chronischen Defekt seiner Maschinerie abhelfen sollten. Hie und da wurde, um seine gute Lunge zu entlasten, die andere verfaulte mit Gas geglättet. An einem Ohr war eine Apparatur angebracht, die gewöhnliche Geräusche leichter hörbar machen sollte. Im Schuh seines originalen Beins half eine Senkfußeinlage seinem Fuß, sich nicht zu verformen. Eine Perücke bedeckte die Silberplatte in seinem Kopf. Seine Mandeln hatte man ihm genommen, und ebenso seinen Blinddarm und seine Polypen. Aus seiner Gallenblase hatte man Steine geschnitten und aus seiner Nase ein Krebsgeschwür geätzt. Seine Hämorrhoiden waren entfernt worden, und aus seinem Knie hatte man Wasser gesaugt. Manchmal wurde er mit Klistieren genährt, und in seiner Kehle erlaubte ein Loch ihm, zu atmen, wenn seine Nasenlöcher sich verstopften. Seinen Kopf trug er in einer Stahlklammer, denn sein Hals war gebrochen; augenblicklich begannen darüber hinaus seine Zehennägel einzuwachsen. Als Glied der überlegensten Spezies, die das Leben bis jetzt hervorgebracht hatte, konnte er weder den Pflanzen des Feldes seinen Lebensunterhalt abringen noch mit den Tieren der Erde in Konkurrenz treten. Als Glied der Gesellschaft, in die er geboren worden war, war er geachtet und wohlversorgt und lebte weiter – zweifellos deshalb überlebend, weil er lebenstüchtig war. Er war Gatte, jedoch nicht Vater, ein Ehemann, doch kein Geliebter. Hundert Jahre nach seinem Tod wurde sein Sarg geöffnet; man fand nur Schnur und Draht.

Er parkte seinen Wagen, stieg aus und ging über die Straße zum Zirkus, um sich die Freaks anzusehen.

Die Chimäre schlief auf einem frisch aufgeworfenen Lehmhaufen, und sie hustete im Schlaf, daß der Gestank ihres Rülpsens, in die Luft aufsteigend, die um ihren Kopf schwärmenden Mücken erstickte. Kleine tote Bewohner der unteren Luftschichten, fielen sie wie schwebende Staubflöckchen herab, und kein Requiem begleitete ihren Fall. Die schlafende Chimäre schlug, den Befehlen irgendeines handlungsreichen Traumes folgend, im Schlaf aus; und die großen Klauen ihrer Pfoten zerhieben den Lehm, auf dem sie schlief. Die Adlerflügel öffneten sich zur Hälfte, mit aufgefächerten Schwungfedern, ganz zerknittert, dann schlossen sie sich wieder, die Federn zerzaust und flaumig abstehend. Der Drachenschwanz regte sich schlangengleich, und der Metallstachel an der Spitze pflügte kleine Furchen in den Lehm. Die Barthaare waren versengt, wo der Feueratem sie berührt hatte. Einige der Schwanzschuppen waren eitrig und häuteten sich, wo eine kleine Kolonie von Parasiten sich üppig vermehrt hatte. Sie warf gerade ihr altes Fell ab; große Fetzen hingen lose wie alte Stücke Filz von ihrer Haut. In den Fetzen und darüber hinweg krochen Zecken. Sie hatte einen unangenehmen nerzartigen Geruch, süßlich-scharf, fettig, durchdringend, kotzig-schlimm.

Frank Tull, der Rechtsanwalt, stand da, starrte die Chimäre an und war entsetzt, entdecken zu müssen, daß es sich nicht um einen Schwindel handelte.

»Meine Fresse«, sagte einer der beiden Quarantäneinspektoren, »nie hätte ich gedacht, daß es so ein Tier gibt.«

Die schlafende Chimäre stieß ein großes Schnarchen hervor; Funken, Ruß, Qualm und Flammen schäumten aus ihren Nüstern.

»Deshalb müssen wir ihr auf Lehm ein Lager bereiten«, sagte Doktor Lao. »Wenn wir sie auf Heu schlafen ließen, würde sie alles in Brand setzen. Wissen Sie, wie dieser Feueratem zustande kommt? Nun, Herrschaften, die Sache ist einfach, wenn Sie ihren Metabolismus verstehen. Sehen Sie, die Chimäre hat – wie Arizonas berühmter Bewohner, die Gilaechse – kein Ausscheidungssystem wie gewöhnliche Tiere. Anstatt Abfallstoffe durch die Eingeweide abzugeben, verbrennt sie sie innerlich und stößt den Rauch und die Asche aus. Ja, eine Chimäre ist ihr eigener Verbrennungsofen. Sehr ungewöhnliches Tier.«

»Wie kommen Sie darauf, daß Gilaechsen kein Ausscheidungssystem besitzen?« fragte Mr. Qwertz.

»Nun, das behaupten hier alle Leute«, sagte der Doktor. »Eine verdammt große Anzahl von Leuten haben mir das erzählt. Scheint so, daß die Gilaechse auf diese Weise zu ihrem Gift kommt: Da die auszuscheidende Materie keinen Ausgang findet, konzentriert sie sich, verfault, wird immer schärfer und dringt schließlich in den Speichel ein, so daß jeder, den eine dieser großen Echsen beißt, vergiftet ist. Eine sehr interessante Theorie, meiner Meinung nach. Ich ziehe diese exotische und präzise Erklärung einer rationaleren Deutung der giftigen Eigenschaften von *Heloderma* vor.«

»Na, und wie haben Sie diese Schimehre hier eingefangen, Doktor?« wollte ein Mädchen vom Land wissen.

»Ach, die haben wir vor Jahren in Kleinasien erwischt. Chimären haben eine Schwäche: Sie sind in den Mond verliebt. Also nahmen wir einen Spiegel, stellten ihn auf einem Berggipfel auf, wo er zur Mitternacht das Mondlicht reflektierte, und das mondverliebte Monstrum glaubte, die helle Silberkugel sei endlich in Reichweite. Nun, da kam sie kreischend und sausend aus dem Himmel herabgeflügelt, krachte in den Spiegel, und wir natürlich nichts wie hin und eine goldene Kette über ihre Schultern geworfen. Da hatten wir sie!«

»Oh, Doktor Lao!« sagte eine Reporterin von der *Abalone Tribune*. »Ich hoffe sehr, Sie geben mir bei Gelegenheit ein Interview und erzählen mir alles über Ihre wundervollen Abenteuer!«

»Die würden in einem Provinznest wie hier in der Tat Schlagzeilen machen«, stimmte der Doktor zu.

Ein offenbar wohlhabender älterer Herr in Golfhosen, einem Sporthemd und Tartanstrümpfen stocherte mit seinem Spazierstock nach der Chimäre. Verdrossen schlug das Monstrum mit seinem Schwanz, wie ein Pferd, das Fliegen abwehrt, hieb den Stock aus der Hand des älteren Herrn und zog ihm mit der metallgestachelten Schwanzspitze eins übers Schienbein.

»Lassen Sie lieber das Tier in Frieden, Mister«, warnte Doktor Lao.

»Was kriegt die zu fressen?« fragte jemand.

»Klapperschlangen«, sagte der Doktor.

»Haufen Klapperschlangen hier in der Gegend um Abalone«, sagte einer der Quarantäneinspektoren. »Ich hab unten nach Beeswax zu letztes Frühjahr ein Riesenvieh von Sidewinder getötet.«

»Es muß sich um ein Mißverständnis handeln, mein Freund«, sagte Doktor Lao. »Sidewinders erreichen keine bedeutende Größe. Tatsächlich gehören sie zu den kleinsten unter den Klapperschlangen.«

»Na, die war jedenfalls gottsallmächtig groß«, insistierte der Quarantäneinspektor.

»Was ich nicht verstehe«, sagte der ältere Herr mit den Golfhosen, »ist, wie ein Tier in sich die Attribute einer Echse, eines Adlers und eines Löwen vereinigen kann, wie die Chimäre es tut, und sie alle so vollkommen zusammenfügt. Ich kann nicht sagen, wo in diesem Tier hier der Löwe endet und die Echse beginnt, noch wo der Adler sich mit ihnen vermengt, und doch sind sie alle drei in einer ausgewogenen Verbindung vorhanden. Welche Echsenart, Doktor Lao, ist Ihrer Ansicht nach im Aufbau dieses Monstrums vertreten? Könnte es eine der südamerikanischen Monitorechsen oder sogenannten Iguanas sein?«

»Nix velstehen Echsengelede«, sagte der alte Chinese.

»Vielleicht ist es das apokalyptische Tier«, bemerkte Rechtsanwalt Frank Tull, der das Gefühl hatte, irgend etwas sagen und nicht ewig wie ein Idiot, beziehungsweise ein verdammter Tölpel stumm dastehen zu sollen.

»Durchaus nicht«, erwiderte der ältere Herr mit den Golfhosen. »Wir wissen alle, daß es so etwas nie gegeben hat. Biblischer Blödsinn, wenn Sie mir den Ausdruck gestatten, werter Herr. Biblischer Blödsinn. Reinster und ausschließlicher biblischer Blödsinn. Jawohl, Sir, biblischer Blödsinn. Man findet viel davon in dem alten Buch.«

»Na, mein Daddy sagt immer, die Bibel ist ein ganz großartiges Buch«, sagte das Mädchen vom Land.

»Die Chimäre«, sagte Doktor Lao, »fliegt hoch droben auf nimmermüden Schwingen dahin; so hoch, in der Tat, daß dem sterblichen Menschen nur selten ihr Anblick vergönnt ist. Vor Jahren hat während der kleinasiatischen Feldzüge des Großen Iskander einer der mazedonischen Hauptleute mit seinem Langbogen eine Chimäre erschossen. Er brachte sie zurück in das Museum zu Alexandria, und dort wurde sie für die Nachwelt zum Gedächtnis von irgendeinem vergessenen ägyptischen Experten ausgestopft. Jahre später sah sie ein tibetanischer Mönch in dem Museum und fertigte nach der Rückkehr in sein Lamakloster eine Porzellanstatue der Chimäre an, die er als Zier im Klosterhof aufstellte. Wiederum später besuchte ein Chinese von der nördlichen Hauptstadt aus diesen Landesteil, sah die seltsame Figur und zeichnete die Maße und Proportionen auf. Zurückgekehrt schuf er eine weitere Statue aus Bronze und legte sie Kublai, damals der Khan aller Mongolen, zu Füßen. Als dann Kublai die Tatarenmauer als Quadrat um die nördliche Hauptstadt errichten ließ, befahl er auch den Bau eines Astronomenturmes auf der höchsten Erhebung. In diesem Turm wurden verschiedene Gerätschaften niedergelegt, Meßstäbe zur Beobachtung der Sterne. Und als Dekorationsmotiv für diese Geräte befahl Kublai, die Gestalt der Chimäre zu verwenden. So geschah es. Noch heute kann man bronzene Chimären sehen, die sich um Himmelsgloben winden und in ihren Klauen himmlische Meßwerkzeuge halten.

Andere chinesische Könige, die von Zeit zu Zeit dorthin kamen, sahen diese Chimären, bestaunten sie, begriffen ihre Bedeutung nicht und reisten mit dem vagen Gefühl ab, daß diese Tiere irgendwie die Macht des

Großkhans symbolisierten. Da begannen diese geringeren chinesischen Fürsten, das Chimärenmotiv selbst zu gebrauchen, und ließen es in ihren eigenen königlichen Zierat einarbeiten. Um diese Zeit kam der irreführende Name Drache für dieses königliche Emblem auf, und natürlich nahm man ebenso irrtümlich an, der Drache bedeute Wildheit. Doch Kublais Chimäre war ein Tier der Güte, Schutzpatron der Forschung und Versenkung; es muß sie überrascht haben, sich später, über ein Banner hinweg gespreizt, in den Krieg ziehen zu sehen.

Später, als andere kleinere Könige nach Kublai kamen, entschied einer von ihnen, daß sein besonderer Drache fünf Zehen haben solle, während die Drachen anderer Könige drei, vier, oder selbst sechs oder sieben Zehen haben durften, nie jedoch fünf. Ein königlicher Rivale mißachtete dieses Edikt, und es kam zum Krieg. Ich habe vergessen, wie er ausging. Sie werden jedoch bemerken, daß meine Chimäre hier vier Zehen an den Vorderfüßen und drei an den Hinterfüßen hat, so daß sich der dogmatische König, sollte er geglaubt haben, die Realität stütze seine Ansprüche, sehr geirrt hat. Ich habe nie daran gedacht, die Zehen an Kublais Chimären in Peking zu zählen, weiß also nicht, ob die alten Bildner genau waren.«

»Vermehren sich Chimären in der Gefangenschaft?« fragte der Rechtsanwalt.

»Nun, sie versuchen es jedenfalls ständig«, sagte der Doktor. »Dieser Bursche hier ist immer hinter der Sphinx her.«

»Nun, das ist eigentlich nicht das, was ich meine, obwohl es natürlich sehr interessant ist. Aber *vermehren* sie sich?«

»Wie sollte das zugehen, wenn sie alle männlich sind?«

»Was? Gibt es keine weiblichen Chimären?«

»Keine einzige, und nur sehr wenige männliche, was das betrifft. Sie haben ein sehr seltenes Tier vor sich, Mister.«

»Aber wenn es keine Weibchen gibt, wo kommen sie dann her?«

»Die hier kommt aus Kleinasien, wie ich eben schon sagte.«

»Ach was! Ich meine, wie werden sie geboren?«

»Ihre Frage läßt sich nicht beantworten. Niemand weiß auch nur das Geringste über den Lebenszyklus der Chimäre.«

»Könnte es nicht sein, daß die weibliche Chimäre, wie die Weibchen verschiedener Spezies von Insekten, einen völlig anderen Körperbau wie das Männchen besitzt und bis jetzt von der Wissenschaft noch nicht als Chimäre identifiziert worden ist?« fragte der ältere Herr mit den Golfhosen.

»Die Wissenschaft anerkennt nicht einmal die Existenz der männlichen Chimäre, und noch weniger versucht sie, deren möglichen Geschlechtspartner ausfindig zu machen«, sagte Doktor Lao.

»Was ist Wissenschaft denn überhaupt?« fragte das Mädchen vom Land.

»Wissenschaft?« sagte der Doktor. »Na, Wissenschaft ist einfach Klassifikation. Wissenschaft heißt, allem einen Namen anzuhängen.«

Die Chimäre erwachte. Der Nebel des Schlafes hing in den grünen Augen, und Echos seltsamer Traumbilder schwammen erlöschend durch ihr Hirn. Sie hob einen Hinterfuß und kratzte ihr zeckendurchwimmeltes Fell; als sie fertig war, beroch sie die Klaue, welche die Zecken dezimiert hatte. Doktor Lao zog eine Klapperschlange aus einem großen Behälter und warf sie der Chimäre vor. Die Schlange fiel als ungeordneter Haufen zu Boden, bog den Kopf empor, rasselte mit ihren Klappern und schob ihre Windungen hin und her, das Monstrum zum Kampf herausfordernd.

Die Chimäre starrte die Klapperschlange durchdringend an, wie ein Küchenmädchen die Kakerlake, die sie gleich zertreten wird. Dann warf sie ihren Schwanz hoch über den Rücken wie ein Skorpion, lehnte sich vor – wie ein Skorpion – und versetzte der Viper einen harten Schlag auf den Kopf mit dem metallenen Stachel ihrer Schwanzspitze, ebenfalls wie ein Skorpion. Die Klapperschlange starb. Die Chimäre hob sie mit den Vorderpfoten auf und verschlang sie, känguruhgleich aufsitzend, wobei sie die Klappern mit den Vorderzähnen abbiß und wohlerzogen zur Seite spuckte. Sie aß die Schlange Bissen für Bissen, wie ein Kind eine Banane verzehrt, und mit ebensoviel Befriedigung. Als es fertig war, legte sich das Monstrum vor Doktor Lao, schnarchend Rauchringe ausstoßend und um noch mehr zu fressen bettelnd.

»Nein, mein Hübscher, eine Schlange am Tag, mehr gibt es nicht bei diesem heißen Wetter«, sagte der greise Chinese.

»Wissen Sie«, fuhr er zu seinem Publikum gewandt fort, »wir müssen die Ernährung unserer Tiere hier unten in Arizona sorgfältig überwachen. Ich glaube, es hängt mit der mangelnden Feuchtigkeit oder mit irgend etwas sonst zusammen. Obwohl es genausogut auch der Staub sein kann. Jedenfalls, wenn wir sie überfüttern, bekommen sie unweigerlich Koliken oder, was noch schlimmer ist, Würmer. Die Chimäre verbrennt natürlich mit ihrem besonderen Nahrungsverwertungssystem die Würmer ebenso rasch, wie sie von ihnen befallen wird. Aber nehmen wir zum Beispiel die Sphinx. Es ist eine homerische Aufgabe, mit einer Sphinx eine Wurmkur durchzuführen. Gewöhnliche Vermifuga nützen überhaupt nichts.

Man benötigt ein mächtig wirkendes Purgativ in sehr großen, unablässigen Dosen. Als ich das letzte Mal die Sphinx entwurmt habe, hat sie einige der seltsamsten Würmer von sich gegeben, die ich je im Leben gesehen habe. Sie sahen genauso aus wie riesige Nudeln. Und jetzt denke ich jedesmal, wenn ich Nudeln sehe, an diese elenden Bandwürmer, und immer, wenn ich Bandwürmer sehe, an Nudeln. Es ist sehr irritierend.«

»Und Nudeln sind doch ein beliebtes Gericht in der chinesischen Küche, nicht wahr?« fragte der ältere Herr mit den Golfhosen.

»Ich ziehe Haifischflossen vor«, sagte Doktor Lao.

Die Witwe Mrs. Howard T. Cassan kam in ihrem leichten braunen Kleidchen und ihren flachen Schuhen in den Zirkus und ging direkt zum Zelt des Wahrsagers. Sie zahlte ihr Scherflein und setzte sich, um ihre Zukunft zu erfahren. Apollonius warnte sie, sie würde enttäuscht sein.

»Nicht, wenn Sie mir die Wahrheit sagen«, sagte Mrs. Cassan. »Besonders interessiert mich, wie rasch auf meinen zwanzig Hektar Land in New Mexico Öl gefunden wird.«

»Nie«, sagte der Seher.

»Also dann – wann werde ich wieder heiraten?«

»Nie«, sagte der Seher.

»Nun gut. Was für ein Mann wird als nächster in mein Leben treten?«

»In Ihrem Leben wird es keine Männer mehr geben«, sagte der Seher.

»Aber wozu um alles in der Welt soll ich dann überhaupt noch weiterleben, wenn ich nicht reich sein werde, nicht mehr heirate und keine Männer mehr kennenlerne?«

»Ich weiß es nicht«, gestand der Prophet. »Ich lese nur Ihre Zukunft. Bewerten kann ich sie nicht.«

»Ich habe Sie bezahlt. Lesen Sie also meine Zukunft.«

»Morgen wird sein wie heute, und übermorgen wie vorgestern«, sagte Apollonius. »Ich sehe die Ihnen verbleibenden Tage alle als stille, fade Ansammlungen von Stunden. Sie werden nirgendwohin reisen. Sie werden keine neuen Gedanken denken. Sie werden keine neuen Leidenschaften spüren. Älter werden Sie, aber nicht weiser; starrer, aber nicht würdiger. Kinderlos sind Sie, und Sie werden es bleiben. Die Geschmeidigkeit, die Sie einst in Ihrer Jugend hatten, diese seltsame Schlichtheit, die einst ein paar Männer angezogen hat, dauert nicht, noch werden Sie irgendeinen von ihnen zurückholen. Die Menschen werden mit Ihnen reden und Sie besuchen, aus Gefühlsseligkeit oder Mitleid, nicht weil Sie ihnen etwas zu bieten hätten. Haben Sie je gesehen, wie ein alter Maisstengel braun wird und stirbt, aber sich weigert, umzufallen, und wie gelegentlich ein Vogel sich darauf niederläßt, der kaum bemerkt, wohin er sich gesetzt hat? Das sind Sie. Ich kann Ihren Ort im Haushalt des Lebens nicht ergründen. Ein Lebewesen sollte entweder erschaffen oder zerstören, nach seiner Begabung und seiner Laune, doch Sie, Sie tun keines von beidem. Sie leben nur dahin und träumen von den schönen Sachen, von denen Sie gerne hätten, daß sie Ihnen zustoßen, die aber nie eintreten; und fragen sich manchmal beiläufig, warum die jungen Leben um Sie herum, die Sie gelegentlich wegen einer imaginären Ungehörigkeit tadeln, Ihnen nie zuhören und bei Ihrem Herannahen weglaufen. Wenn Sie sterben, wird man Sie begraben und vergessen, und das ist alles. Die Leichenbestatter werden Sie in einem wurmsicheren Sarg einsiegeln, und für alle Ewigkeit das Gefäß Ihrer Nutzlosigkeit bewahren. Und mißt man das Gute oder Schlechte, Schöpfung oder Zerstörung, das Ihr Leben hätte bewirken können, könnten Sie ebensogut auch gar nicht gelebt haben. Ich begreife den Zweck eines solchen Lebens nicht. Ich sehe in ihm lediglich eine vulgäre und bestürzende Verschwendung.«

»Ich dachte, Sie bewerten die Leben nicht«, sagte Mrs. Cassan erbittert.

»Ich bewerte nichts, ich staune nur. Nun träumen Sie von einer Ölquelle auf den zwanzig Hektar Land, die Sie in New Mexico besitzen. Es gibt kein Öl dort. Sie träumen von einem großen, dunklen, hübschen Mann, der kommt und Sie umwirbt. Es kommt kein Mann, kein dunkler, kein großer und auch sonst keiner. Und doch werden Sie weiterträumen, was ich Ihnen auch sagen mag; träumen, die enge Runde Ihrer Stunden hindurch, während Sie nähen und im Schaukelstuhl schaukeln und klatschen, immer träumend – und die Welt dreht sich und dreht und dreht sich. Kinder werden geboren, wachsen heran, vollbringen etwas, verfallen und sterben; Sie sitzen da, schaukeln, nähen und klatschen und leben weiter. Und Sie haben eine Stimme, wie das Land regiert werden sollte, und genügend Leute, die so stimmen wie Sie, könnten das Angesicht der Erde verändern. In diesem Gedanken liegt etwas Entsetzliches. Doch Ihre individuelle Meinung zu irgendeinem Thema der Welt ist völlig wertlos. Nein, ich kann den Grund Ihrer Existenz nicht ermessen.«

»Ich habe Sie nicht bezahlt, damit Sie mich ermessen. Sagen Sie mir nur meine Zukunft, das genügt.«

»Ich habe Ihnen Ihre Zukunft gesagt! Warum hören Sie mir nicht zu? Wollen Sie wissen, wie viele Male sie noch Salat oder weiche Eier zu sich nehmen werden? Soll ich

Ihnen die verschiedenen Gelegenheiten aufzählen, zu denen Sie Ihrem Nachbarn über den Zaun einen guten Morgen wünschen werden? Muß ich Ihnen sagen, wie oft Sie noch Strümpfe kaufen, zur Kirche gehen, im Kino sitzen werden? Soll ich Ihnen eine Liste machen, die nachweist, wieviel Liter Wasser Sie zum Kochen bringen werden, um Tee zu machen, wie viele verschiedene Karten Sie noch beim Bridge bekommen werden, wie oft in Ihren restlichen Jahren noch das Telefon klingelt? Wollen Sie wissen, wie oft Sie mit dem Zeitungsjungen schimpfen werden, weil er die Zeitung nicht genau dort hingelegt hat, wo es Sie am wenigsten stört? Muß ich Ihnen sagen, wie oft Sie sich ärgern werden, weil es regnet oder nicht regnet, weil das Wetter sich nicht nach Ihren Wünschen richtet? Soll ich die Kilos an Pfennigen ausrechnen, die Sie durch Sonderangebote sparen werden? Wollen Sie das alles wissen? Denn das ist Ihre Zukunft, dieselben kleinen törichten Dinge zu tun, die Sie seit achtundfünfzig Jahren getan haben. Sie gehen einer Wiederholung Ihrer Vergangenheit entgegen, die Ziffern der Addiermaschine Ihrer Tage kehren wieder. Außer vielleicht einer hellen Zahl: Es gab eine Art Liebe in Ihrer Vergangenheit, es gibt keine in der Zukunft.«

»Ich muß schon sagen, Sie sind der merkwürdigste Wahrsager, den ich je aufgesucht habe.«

»Es ist mein Unglück, daß ich nur die Wahrheit mitteilen kann.«

»Haben Sie je geliebt?«

»Natürlich. Aber weshalb diese Frage?«

»Ihre brutale Offenheit hat etwas seltsam Faszinierendes. Ich könnte mir vorstellen, daß sich ein Mädchen, oder vielmehr eine erfahrene Frau, Ihnen zu Füßen wirft.«

»Es gab einmal ein Mädchen, doch sie hat sich mir nie zu Füßen geworfen. Ich warf mich zu ihren.«

»Was hat sie da getan?«

»Gelacht.«

»Hat sie Ihnen weh getan?«

»Ja. Aber nichts seitdem hat mich besonders geschmerzt.«

»Ich wußte es! Ich wußte, ein Mann von Ihrer entsetzlichen Intensität muß einmal von einer Frau verletzt worden sein. Frauen können einem Mann sehr weh tun, nicht wahr?«

»Ich glaube schon.«

»Sie armer, armer Mann! Sie sind nicht so sehr viel älter als ich, nicht wahr? Auch mir hat man weh getan. Warum sollten wir nicht Freunde sein, oder vielleicht mehr als Freunde, und zusammen die unserem Leben gerissenen Wunden heilen? Ich glaube, ich könnte Sie verstehen, Sie trösten, für Sie sorgen.«

»Gnädige Frau, ich bin nahezu zweitausend Jahre alt und war die ganze Zeit Junggeselle. Es ist zu spät für einen Neubeginn.«

»Oh, Sie sind so reizend albern! Ich liebe neckische Reden, wir würden hervorragend zusammenpassen, da bin ich ganz sicher!«

»Ich nicht. Ich habe Ihnen gesagt, es gibt keine weiteren Männer mehr in Ihrem Leben. Bitte versuchen Sie nicht, mich soweit zu bringen, daß ich mich selbst widerlege. Die Konsultation ist beendet. Guten Tag.«

Sie begann noch etwas zu sagen, aber es war niemand mehr da. Apollonius war mit jener Abruptheit verschwunden, die nur den geübtesten Magiern zur Verfügung steht. Mrs. Cassan ging hinaus in den strahlenden Sonnenschein. Dort traf sie Luther und Kate. Es war genau zehn Minuten vor Kates Petrifikation.

»Meine Liebe«, sagte Mrs. Cassan zu Kate, »dieser Wahrsager – noch nie habe ich einen derart magnetisch wirkenden Mann getroffen. Ich sehe ihn heute abend wieder.«

»Was hat er wegen dem Öl gesagt?« fragte Luther.

»Oh, er hat mir die tollsten Hoffnungen gemacht«, sagte Mrs. Cassan.

Unter dem Einfluß von Alkohol, der wesentlich intensiver war als je der Einfluß des YMCA, betraten die beiden Collegeboys von der Ostküste, Slick Bromiezchski und Paul Conrad Gordon, den Zirkus, Witze reißend und sich ganz allgemein fabelhaft amüsierend.

Doktor Lao sah sie von weitem und kam herbeigerannt. »Was zum Teufel wollen veldammte Collegelüpel hiel? Ihl Wülstchen habt hiel nichts vellolen! Haut ab! Meine Show, bei Gott, klal?«

Sie lachten über den Zorn des kleinen alten Mannes und drohten, sie würden die Japaner holen, wenn er nicht still wäre. Sie zitierten im Augenblick erfundene Gesetze, um zu beweisen, daß er niemand, der den Eintritt bezahlte, daran hindern konnte, seinen Zirkus anzusehen. Mit dem guten Rat, sich nicht einzubilden, ein zweiter Barnum zu sein und lieber den Mief aus seinem Hemdenzipfel zu waschen, wanderten sie weiter zur Peepshow und vergaßen ihn.

Die Peepshow befand sich in einem kleinen Zelt, das allein abseits stand. Ein Vorhang inmitten des Zelts hatte in verschiedener Höhe Löcher für die Augen von Männern verschiedener Statur. Durch eines dieser Löcher starrte ein älterer Herr mit Golfhosen, durch ein weiteres versuchte ein Quarantäneinspektor den Blick einzurichten; die anderen hatten noch keine spähenden Augen.

Die Collegeboys wählten jeweils ein Loch, das ihrer Augenhöhe entsprach, beugten sich vor und starrten und starrten.

Um eine alte Grashütte tanzten drei Negerpriester vor einem spektakulären Männlichkeitssymbol. Es war ein Regentanz, und ein dünnes Nieseln begleitete ihre Gestikulationen. Sie warfen ihre Grasröcke von sich und tanzten nackt unter dem großen Lingam, die schwarze Haut fettig im Regen.

Aus der Hütte kamen fünf Mädchen, schwarze Mädchen, schlank und jungfräulich und elastisch. Die Priester stürzten sich auf sie und entkleideten sie und warfen sich wieder in ihren Tanz; zwiefaches Pochen von Trommeln dröhnte durch den Regen. Die schwarzen Mädchen tanzten unter den Priestern, stolpernd und hinkend; Spreu und Stoppeln stachen ihnen in die Füße. Schwarze Leiber hüpften in der grauen Feuchtigkeit.

Lauter trommelte das doppelte Dröhnen der Trommeln, und die Priester tanzten ekstatischer; doch ihre Leidenschaft noch übertreffend rissen die Mädchen lange Weidenruten von den Bäumen und peitschten die schwarzen priesterlichen Häute, daß rosa Striemen über die geweihten Rücken und Bäuche liefen; und das doppelte Dröhnen der Trommeln brüllte durch den herabströmenden Regen, und die schwarzen Priester heulten und sprangen unter dem heißen, seltsamen Schmerz der Mädchenhiebe.

Der große Lingam schwankte und zitterte, der graue Staub des Regens legte sich wie Asche auf die schwarzen Häute, der Wind lachte und kreischte, der Regen hörte auf, und aus dem Wald hervor kam Mumbo Jumbo geschritten und schlug ein Tomtom.

Unter einem weichglühenden amorphen Regenbogen kam Mumbo Jumbo daher, und die schwarzen Korybanten verneigten sich und krochen vor ihm und beugten die Knie und warfen sich zu Boden und ehrten ihn. Er spie auf ihre gottesfürchtigen Schultern.

Die Mädchen warfen ihm Blicke zu und schwenkten ihre Hüften; sie gaben ihm heimliche Zeichen und zitterten lasziv. Mumbo Jumbo untersuchte sie sorgfältig, befühlte sie und stieß und kniff und erprobte sie. Und er drückte und rieb und kitzelte und biß sie. Und er küßte sie und rieb ihre Nasen und zog sie an den Ohren und schmeckte ihre Zungen und roch ihren Atem und befingerte sie, und die Mädchen ertrugen alles und drängten sich an ihn und wärmten sich bei ihm. Doch sie stellten ihn nicht zufrieden. Er hob eine Keule auf und schlug sie nieder in den Schlamm, und er hieb und stocherte die Priester auf die Füße, und schrie seine Mißbilligung in ihre demütig-verschreckten Gesichter.

Sie kauerten sich zusammen und murmelten untereinander. Einer kam geduckt auf den Gott zu und machte besänftigende Gesten. Mumbo Jumbo schlug ihn nieder, daß er neben die zurückgewiesenen Jungfrauen stürzte.

Da schlichen die anderen Priester in den Grastempel und kamen zurück mit einem Kreuz, auf das ein blondes nordisches Mädchen gebunden war. Sie ließen sie zu Füßen des Gottes fallen und flohen. Mumbo Jumbo sah hinab und war zufrieden. Er löste sie von ihren Fesseln, nahm sie bei den Haaren und – unter dem immer noch weichglühenden amorphen Regenbogen – verschwand im Wald.

»Yippiii!« schrie Paul Conrad. »Mannomann, wie ich diesen alten Bambusneger beneide!«

»Ach, halten Sie doch den Mund«, sagte der ältere Herr mit den Golfhosen. »Könnt ihr verdammten Halbstarken nicht einmal im Leben etwas in Ruhe anschauen, ohne dazu irgendwelchen Blödsinn zu plappern? Was glaubt ihr eigentlich, wo ihr seid, im Studentenwohnheim?«

»Na, wenn Ihnen unser Stil nicht gefällt, Opa, dann

wissen Sie wohl, was Sie dann können«, sagte Slick Bromiezchski.

»Da haben Sie ausnahmsweise etwas Vernünftiges gesagt«, erwiderte der ältere Herr. »Ich werde mich bei der Direktion beschweren.« Und er trabte erregt aus dem Zelt.

»Stell dir vor, man beschwert sich bei der Direktion von dem Schuppen hier!« Paul verschluckte sich vor Lachen.

»Unvorstellbar!« Slick hatte dieselben Schwierigkeiten.

Und leise lachend kehrten die Akademiker an ihre Gucklöcher zurück.

Nymphen lagen auf grauen Felsen, dicke junge Nymphen mit Bäuchen wie Waschweiber und Hüften wie Pferde. Draußen im Schilf am Meeresrand stand der Faun und beobachtete sie.

Rosig und weiß, jung, scheu und verlegen in der Unschuld der Jugend war der Faun, hübsch wie ein kleiner Chorknabe ohne Soutane und Meßbuch. Er stand im grünen Schilf und sah zu den dicken lüsternen Mädchen herüber, die wußten, daß er hersah. Und sie lachten und sprangen affektiert hin und her und taten unanständige Dinge miteinander, und der kleine Faun teilte die grünen Schilfrohre, um besser hindurchsehen zu können.

Zwei Nymphen tanzten, und die anderen lachten und spornten sie an; und alle Nymphen beobachteten den Faun aus den Augenwinkeln, wie er zitterte im Schilf. Aber er sah nur herüber, er wollte nicht näherkommen, und sie riefen ihm spöttisch zu, er solle doch mit ihnen spielen kommen, wenn er sich traue. Aber er schüttelte den Kopf und blieb, wo er war.

Die Nymphen wälzten sich faul und tatschten aneinander herum, und jede hoffte, die anderen würden gehen, so daß sie allein zu dem Faun hinuntergehen könnte. Da kam er aus dem Schilf hervor, ein kleines Stück den Sand hinauf, und beobachtete sie wieder hinter einem Felsen hervor, bereit zu fliehen. Sie taten, als ob sie ihn nicht beachteten, flochten sich Blumen ins Haar, warfen sich gegenseitig Sand auf die Schultern, hockten unbeholfen herum und lachten schrill. Eine warf eine Biene auf eine Schwester, und die Biene stach, und die Schwester weinte und erhob sich dann zornig, und die beiden Nymphen kämpften wie Mädchen, weinend und kratzend und beißend und krallend. Und die anderen warfen mit Sand und lachten und spornten sie an. Und der kleine Faun schlich näher.

Eins von den Mädchen nahm eine Weintraube in die Hand und ging langsam auf ihn zu, ihm die Frucht darbietend. Ihre schmutzigen Füße schlurften durch den Sand, ihr stumpfes Haar hing in Knoten und Zotteln, und ihre dicken Beine waren voller Flecke und Schrammen. Sie streckte ihm die runzligen, fauligen Trauben hin und grinste mit ihrem dicken Mund, doch Widerwillen überkam ihn, und er zog sich zum Meer zurück. Ihre Augen waren traurig, als sie die Trauben wegwarf und zu ihren Schwestern zurückkehrte.

Ihre Schwestern verspotteten sie und machten sie nach. Wütend nahm sie einen Stecken und schlug nach ihnen; sie rollten sich aus dem Weg und lachten. Aber aus den Augenwinkeln beobachteten sie den Faun.

Dann verließ die hübscheste von ihnen, die schlankste, sauberste, begehrenswerteste, frischeste, die anderen und machte sich zu einem entfernten Punkt der Meeresküste auf. Und ihre Schwestern taten so, als bemerkten sie es nicht, fingen wieder zu tanzen und zu singen an und riefen gelegentlich dem Faun etwas zu. Er hockte zusammengekauert da und sah ihnen unruhig zu, aber er ließ sich nicht bewegen, ihnen zu antworten, und kam nicht zu ihnen.

Sie winkten ihm mit grünen Zweigen und bewarfen ihn mit kleinen Muscheln, gaben ihm Spottnamen und schnitten ihm Gesichter. Sie faßten sich an den Händen und tanzten im Kreis um einen Blütenstrauch.

Die Nymphe, die davongegangen war, schlug einen weiten Bogen auf der anderen Seite des Strandes. Dann ging sie, vom Schilf verdeckt, ins Wasser und watete, knietief im seichten Meer und verborgen vom wuchernden Schilfrohr, hinter dem Faun heran. Und der Ring der Nymphen, die Hand in Hand tanzten, kam langsam näher herangetanzt. Er kauerte und starrte zu ihnen hin, und er zitterte.

Leise, ohne Geräusch, kam sie hinter ihm aus dem Wasser und schlich sich an. Die anderen Mädchen lösten ihren Tanzkreis und sprangen auf ihn zu. Er suchte sich mit einem Satz ins Meer zu retten, doch die hübsche Nymphe war schon da und fing seine Hände.

Und die dicken lüsternen Mädchen schlossen ihn ein in den Kreis ihres Fleischtumults, rührten mit ihrer Unreinheit an seine weiße Haut, befühlten ihn mit ihren lasziven Fingern, und eine entriß ihn der anderen, damit sie seinen Mund mit einem lustvollen, schändlichen Kuß küssen konnte.

Er kämpfte erbittert, wie ein Junge, gegen sie an, zornig schlagend und trotzdem schwach, als ob er fürchtete, ihnen weh zu tun; und in seinem Gesicht war etwas, das weder Bitterkeit noch Zorn war. Manchmal, wenn seine Hände sie trafen, fühlten sie eine Liebkosung statt eines Streichs.

Er fiel in den Sand. Sie knieten quiekend und kichernd um ihn. Im Gewirr der Arme und Beine kroch eine der Hände des Fauns empor und preßte die runden Brüste der hübschen Nymphe.

»Mein lieber Mann«, rief Slick kichernd, »was die griechische Mythologie doch alles hergibt!«

Vor dem Zelt sagte die Stimme des älteren Herrn mit den Golfhosen gereizt: »Hier sind sie drin, Doktor Lao, beide. Halb betrunken und beleidigend. Wenn Ihnen die Gefühle der anderen Besucher, die Ihre Show betrachten wollen, etwas gelten, dann werden Sie sie vom Zirkusgelände vertreiben.«

»Denen besolg ich's!« sagte der Doktor. »Gottveldammte Lüpel! Denen zeig ich's. He! Lube! He, Lube!«

»Ich glaub, jetzt werden wir rausgeschmissen«, kicherte Paul Conrad begeistert.

Etwas Großes und Schwarzes und Haariges kam in das Zelt hineingestürmt und schnappte sich die beiden Collegeboys und zerrte sie hinaus. Quer durch das Zirkusgelände zerrte es sie bis zum Rand der Main Street, und dann warf es sie in hohem Bogen auf die Straße. Und ob es Mann oder Bär oder Russe war, konnte niemand sagen, obwohl viele (mit teilweise harten Worten) sich darüber stritten.

»Der verdammt beste Rausschmiß, den ich je gesehen hab«, bemerkte der Quarantäneinspektor zu dem älteren Herrn mit den Golfhosen. »Gehen wir wieder rein und schauen uns noch mal die Peepshow an. Ist doch zum Teil nicht uninteressant.«

Mr. Qwertz betrachtete die Seeschlange, und die Seeschlange betrachtete Mr. Qwertz. Mr. Qwertz zündete sich eine Zigarette an und blies grauen Rauch von sich. Die Seeschlange streckte ihre Zunge hervor und ließ sie rasch hin und her vibrieren – ein langer gelber nackter Nerv von einer Zunge, groß wie die Hand und der Arm eines Mannes, lässig empfindlich, anmutig gespalten, Abschmecker von Lauten, Fühler von Schwingungen,

Symbol seltsamer Sinne, still und geheim, ein Böses andeutend, das zurück in den Garten Eden wies. Mr. Qwertzs Augen, von Hornringen umschlossen, sahen die Schlange durch staubfleckige Glasovale hindurch an. Die Augen der Schlange, lidlos und starr, schauten auf den Korrektor mit katzengleichen Pupillen, schmalen schwarzen Ellipsen, die aufrecht in einem kupfernen Feld standen. Die Augen des Korrektors waren stumpfe, durch träge Muskeln behinderte grüne Steinchen. Die Augen der Schlange waren ernste, seltene und böse Juwelen.

Gelangweilt durch die gegenseitige Betrachtung wand sich die Schlange in langsamen Ringen durch ihren enormen Käfig, wobei die Schlingen ihres Körpers und Schwanzes dem unsichtbaren Weg folgten, den ihr Kopf vorgezeichnet hatte. Mit sich bäumendem Haupt prüfte sie die Kreuzungspunkte und Maschen des Stahlgitters, das sie gefangenhielt, lustlos hoffend, eine Schwachstelle zu finden, die sie früher übersehen hatte, den Umfang der Gefängniswelt durchsuchend nach der Freiheit, die nach draußen führen würde, zum tausendsten Mal dieselben alten Stäbe untersuchend, die sie einschlossen.

Qwertz machte eine unvermutete Bewegung, welche die Schlange überraschte. Sie stellte sich ihm entgegen und schlug den vibrierenden Schwanz gegen den hölzernen Käfigboden, so daß ein Schnarren wie das Lied einer Holzsäge erklang.

DIE SCHLANGE: Warum stehst du da und starrst mich an? Du und ich haben nichts gemeinsam außer unserem gegenseitigen Haß.

QWERTZ: Du faszinierst mich. Aber warum rasselst du so mit dem Schwanz und ahmst eine Klapperschlange nach?

DIE SCHLANGE: Warum nicht? Das ist mein liebster Atavismus.

QWERTZ: Könnte es sein, daß der instinktive Drang, der mich treibt, mir einen Baum zu suchen, wenn ein Hund mich anbellt, derselbe ist, der dich treibt, zu klappern zu versuchen, wenn du erschrickst?

DIE SCHLANGE: Nein. Dein Drang ist aus Furcht geboren, meiner aus Haß. Dein Instinkt ist der der Feigheit, meiner der des Gegenangriffs. Du willst fliehen. Ich will kämpfen. Du hast Angst vor deinem eigenen Schatten. Ich habe vor nichts Angst.

QWERTZ: Der Gott, der dir den Mut gegeben hat, gab mir die List.

DIE SCHLANGE: Ich würde nicht mit dir tauschen.

QWERTZ: Und doch bist du in einem Käfig, und ich kann gehen, wohin ich will.

DIE SCHLANGE: Oh, auch du hast deinen Käfig. Du prüfst deine Gitterstäbe so oft wie ich die meinen.

QWERTZ: Ich verstehe nur unklar, was du meinst.

DIE SCHLANGE: Ich werde mich nicht deutlicher erklären.

QWERTZ: Warum reibst du immer dein Kinn gegen den Boden?

DIE SCHLANGE: Warum stehst du da wie ein Idiot? Ich tue das, weil ich das Gefühl schätze, weil die Reibung mir ein sinnliches Vergnügen bereitet, weil mein Gesicht juckt und das Reiben den Juckreiz mildert. Ha! Könnte man das Kratzen die Negation der Negation des Juckens nennen? Ist mir ein Epigramm gelungen?

QWERTZ: Ich bezweifle es.

DIE SCHLANGE: Warum trägst du dieses Ding über deinen Augen?

QWERTZ: Um zu sehen.

DIE SCHLANGE: Der Gott, der dir die List gab, hat

meine Augen stark genug gemacht, die Umwelt ohne Hilfe zu erkennen. Tatsächlich hat sich der Herr allen Lebens mir gegenüber durchaus großzügig gezeigt. Stärke hat er mir gegeben, Symmetrie, Ausdauer und Geduld. Als Viper und als Constrictor hat er mich erschaffen. Mein Gift ist schärfer als das einer Kobra. Meine Umschlingung ist schrecklicher als die einer Pythonschlange. Ich kann mit einem einzigen Biß, einer einzigen Umarmung töten. Und wenn ich gleichzeitig zudrücke und beiße, kommt der Tod im Galopp, mein Lieber! Hahaha! Aber schau dich nur an! Du mußt dich sogar mit Fetzen behängen, um deine schwächliche Haut zu beschützen. Du mußt dir etwas vor die Nase hängen, um zu sehen. Schau dich an! Hahaha! Gott war gut zu dir, in der Tat.

QWERTZ: Ich gebe zu, ich bin nicht sein vollkommenstes Gefäß.

DIE SCHLANGE: Was ißt du?

QWERTZ: Ich erfreue mich eines umfassenden Geschmacks. Ich esse Trauben und Schweinsfüße, Schnekken und Fische, Proteine und Karbohydrate. Auch schätze ich Gänseleber.

DIE SCHLANGE: Ich esse nur Fleisch, Fisch und Geflügel. Einmal habe ich einen kleinen braunen Jungen gegessen. Soll ich dir davon erzählen?

QWERTZ: Wenn du möchtest.

DIE SCHLANGE: Also, meine Geographiekenntnisse sind nicht sehr gut, aber es war auf einer Insel, irgendwo in irgendeinem Ozean, und es brauchte eine lange Zeit, um dorthinzuschwimmen, und ich schwimme sehr schnell. Sieh, mein Schwanz hat die Form eines Ruders. Nun, ich kam am siebten Tag gegen Morgen auf dieser Insel an und beschloß, mich dort zu häuten. Das hätte eigentlich schon vor Tagen geschehen sollen, aber man kann nicht mitten im Ozean die Haut wechseln. Also landete ich an einem hübschen kleinen Strand, wobei ich durch einige tückische Felsen und Brecher hindurch mußte und gerade eben eine gefährliche Sandbank vermied. Ich glitt auf den Sand, alle achtzig Fuß (jedenfalls ist das Doktor Lao zufolge meine Länge, und er kennt sich in solchen Angelegenheiten aus), und machte mich auf den Weg zu einem dicken, ruppigen Gebüsch, das ich ein Stück uferaufwärts sah. Ich kann dir sagen, es ist ein blödes Geschäft, an Land umherzukriechen, nachdem man im Ozean geschwommen ist. Nun, ich kroch in das ruppige Gebüsch, schob und pflügte meinen Kopf umher und löste endlich die Epidermis am Ober- und Unterkiefer. Dann hakte ich die Enden der alten Haut an den Büschen fest, und danach war es reine Routine, aus dem Rest herauszukriechen. Die alte Haut faltet sich unter dem Hals, weißt du, und arbeitet sich schließlich nach und nach den übrigen Körper hinunter, und je schneller man in den Büschen herumwetzt, desto rascher ist man draußen aus der alten Haut. Nun, ich jagte hin und her und rundherum und war froh, mich von der alten Haut zu verabschieden, die in den letzten paar Tagen recht unbequem geworden war.

Nun ist es mir aufgefallen, daß ich jedesmal, wenn ich mich häute, sofort anschließend Hunger bekomme. Also fing ich an – glänzend und funkelnd und leuchtend und strahlend und glatt und bunt in meiner neuen Haut – die Insel nach etwas Eßbarem abzusuchen. Ich kroch über einen Hügel und durch einen Wald und quer durch ein Tal, und ich sah nicht das Geringste. Dann kam ich zu einem Fluß und schwamm hinauf, gegen die Strömung. Und es war ein kleiner, zappliger Fluß, und wenn ich mich umdrehte, konnte ich immer nur sehen, wie ich um irgendeine Kurve verschwand. Nun, ich schwamm den

Fluß hoch, und ich kann dir sagen, all die kleinen Fischlein glaubten, der Jüngste Tag sei da.

Ziemlich rasch kam ich zu einer Stadt, einer Stadt mit Lehmhütten und dunkelhäutigen Menschen. Sie hingen alle in der Nähe des Flußufers herum und hörten zu, was einer ihrer Medizinmänner erzählte, sicherlich die schlimmsten Lügen. Ich kam gewaltig angeschwommen; sie schrien und flohen, rannten wie Hühner im Kreis, und obwohl du das vielleicht nicht glaubst, ein paar sprangen tatsächlich in den Fluß und versuchten hinüberzuschwimmen.

Und ich beobachtete sie und prüfte sie und suchte mir dann den aus, den ich als Mahlzeit haben wollte. Ich wählte einen kleinen dicken kaffeebraunen Jungen. Ach, ich wette, seine Mutter hatte ihn mit Enteneiern und gerösteten Bananen gepäppelt, so fett war er. Sein Bauch rollte so weit nach vorn, daß er seine eigenen Knie nicht mehr sehen konnte.

Jedenfalls beschloß er, auf einen Baum zu steigen. Du weißt ja, wie diese Eingeborenen auf die Bäume klettern – sie schließen die Hinterfüße zusammen und gehen den leicht geneigten Baumstamm mit törichten Froschhüpfern hoch. So auch das Gör hier. Ich ließ ihn ganz hinaufklettern, bis zwischen die Palmwedel und Kokosnüsse. Wie ein Affe sah er zu mir herunter, und so wie er schrie, hätte man meinen können, es würde ihm etwas Entsetzliches bevorstehen.

Nun, mein lieber Mann, ich also ganz langsam und behutsam den Stamm empor, weißt du, sanft und leise, meine Haut wogt und kräuselt sich, und mein Kopf steigt langsam immer höher. Und meine gute alte Zunge, wo die Leute immer so furchtbar Angst haben, weil sie denken, es ist ein Giftstachel – na, meine Zunge, die fuhr nur so raus und rein, wie der Teufel, ich sag's dir. Verdammt noch eins, ich dachte, der kleine Mohr kreischt sich die Lunge aus dem Leib, als er sieht, wie meine alte Zunge da wie der Teufel zu ihm raufgeleckt kommt.

Na, Herrschaften, ich schnapp ihn mir beim Bein, und, Jesus! wie er da losgebrüllt hat. Aber ich halt ihn schön fest und sag mir zwischen den Zähnen hindurch: Runter da, du kleiner Bastard!, und ich zieh mit einem gottsallmächtigen Ruck, und, Junge, Junge, da läßt er los, und ich schwanke nach rückwärts mit ihm im Maul und verlier die Balance, und wir fallen krachend zu Boden, mit einem verdammt dumpfen Aufschlag. Beinah bin ich ohnmächtig gewesen.

Ich schluckte ihn ziemlich in der Art, wie du eine Auster schlucken würdest, und mit ebensoviel Berechtigung, wenn du mir eine ethische Randbemerkung gestattest. Und als er gerade so richtig schön zwischen meinen Kiefern saß, daß mein Kopf ganz aus der Form geraten war und meine Augen wie Straßenlampen rausquollen, verdammt noch mal, wer mischt sich ein? Kommt doch der Pappi mit seiner Harpune anmarschiert und will was, na, ich konnte im Augenblick nicht besonders zackig zubeißen, so wie ich den Jungen im Hals stecken hatte, aber glaub mir nur, daß ich mich um den alten Herrn trotzdem gut gekümmert habe. Ich habe etwa das letzte Drittel von mir um ihn und seine gottverdammte Harpune drumrumgewickelt, und als ich mit meinem Druck fertig war, war er sichtlich bereit, sich zu entschuldigen, konnte aber nicht mehr, weil er keine Luft mehr in den Lungen hatte. Tja!

QWERTZ: Du bist ein lebhafter Erzähler. Was geschah mit dem Vater des Kindes?

DIE SCHLANGE: Oh, den hab ich auch gegessen. Und nach der alten Dame hab ich mich auch umgesehen, aber die konnte ich nicht finden, also hab ich einfach die erstbeste Frau gegessen, die mir über den Weg lief. Aber der dicke kleine Junge war am besten.

QWERTZ: Du bist ein außergewöhnlicher Raconteur. Erzähl mir noch von anderen deiner Mahlzeiten.

DIE SCHLANGE: Nein. Nun bist du an der Reihe. Erzähl du mir eine Geschichte.

QWERTZ: Es war einmal ein Schwein. Ein Duroc-Jersey-Schwein. Es lief in seinem Stall herum, fraß seine Maische und wurde von keinerlei spirituellen Konflikten geplagt. Fett wurde es und immer fetter. Dann lud sein Herr es eines Tags auf einen Wagen, fuhr zum Bahnhof, setzte es in einen Güterzug und schickte es an eine Konservenfabrik. Dort wurde es getötet, enthäutet und geviertelt, wie das in Schlachthäusern üblich ist. Einige Monate später ging ich in ein Restaurant und bestellte Schweinerippchen. Und was man mir servierte – ich will augenblicklich tot umfallen, wenn ich lüge –, stammte von ebendemselben Schwein, von dem die Rede war. Und die Moral dieser Geschichte ist, daß der ganze, alleinige, einzige und ausschließliche Zweck der Existenz dieses Schweines – und der seiner Vorfahren und der Dinge, von denen sich die Schweinevorfahren nährten, und des Klimas und der Umgebung, die ihre Fortpflanzung und Reifung begünstigten, und der Menschen, welche sie züchteten und versorgten und zu Markt brachten – der einzige Zweck, sage ich, all dieser verschlungenen Fäden und Karrieren darin lag, mir in dem Restaurant, in dem von mir gewünschten Augenblick, zwei schmackhafte Schweinerippchen zur Verfügung zu stellen.

DIE SCHLANGE: Deine Behauptung ist verdienstvoll. Ich habe selbst in ganz ähnlicher Weise philosophiert, während ich den kleinen braunen Jungen aß. Ach, ich rede für mein Leben gern über Essen.

QWERTZ: Es gibt nur ein Thema, das interessanter wäre.

DIE SCHLANGE: Ich nehme an, du beziehst dich auf die Liebe.

QWERTZ: Ja, so ist es. Ja.

DIE SCHLANGE: Ich kann mich noch immer an meine erste Liebe erinnern. Das muß elf Jahrhunderte zurückliegen. Ah, war sie wundervoll! Sie muß etwa zwanzig Fuß länger gewesen sein als ich, denn damals war ich ein Jährling; und ihre großen Fangzähne waren wie Spitzhakken. Ich war im Westen, sie war im Osten. Ich roch sie durch die ganze Welt. Es war das erste Mal, daß ich je diesen Geruch verspürt hatte, und doch wußte ich, was er bedeutete; merkwürdig, wie man manche Sachen weiß, ohne daß man es gesagt bekommt. Ich steuerte durch die Wasser des Ozeans nach Osten, wo sie lebte.

QWERTZ: Das muß eine große Reise gewesen sein.

DIE SCHLANGE: Das war es. Ich sah den Nautilus, den Tintenfisch, die Obelia und den Hammerhai. Fliegende Fische umflogen meinen Kopf, und ein Fregattvogel segelte über mir dahin. Hungrig riß ich ihn aus der Luft und verschlang ihn, ohne daß ich einen Ruderschlag meines Schwanzes versäumt hätte.

QWERTZ: Wie hat er geschmeckt?

DIE SCHLANGE: Unangenehm und fischig. Ich habe nie mehr einen gegessen. Pelikane sind jedoch nicht schlecht, und Schneegänse sind äußerst schmackhaft.

QWERTZ: Und hast du deine Geliebte gefunden?

DIE SCHLANGE: Ja. Neben einem braunen Felseneiland. Sie war kalt und kokett. Sie glitt auf die Felsen hinauf und zischte mich an. Ich glitt hinterher; meine Leidenschaft erwärmte sie; meine Hitze besiegte ihre Koketterie. Sag, beißen Männer Frauen in den Nacken, bei der Liebe?

QWERTZ: Zuweilen.

DIE SCHLANGE: Wir auch. Ich biß sie, und sie verbiß

sich in meinen Unterkiefer, und ich konnte spüren, wie ihr Gift mich durchströmte. Doch es schadete mir nichts, noch meines ihr. Dann zog ich sie von dem Felseneiland herunter, warf ein, zwei Schlingen meines Körpers um sie, und so rangen wir miteinander in den springenden, unruhigen Wellen. Ich weiß noch, wie sich der Himmel bedeckte und der Donner murmelte, als wären die Elemente durch unser Spiel verwirrt. Sag, werden Männer der Frauen nach der Liebe überdrüssig?

QWERTZ: Zuweilen.

DIE SCHLANGE: Wir auch. Ich wurde ihrer müde und verließ sie und kam in den Westen zurück, zu einem Ort mit enormen Schildkröten und Vulkangestein. Die Schildkröten dort essen nur Gemüse und Früchte, sie erreichen ein erstaunliches Alter, und obwohl sie nie irgendwo anders gewesen sind als auf ihrem vulkanischen Eiland, sind sie von tiefer Weisheit. Ich lag im Sand und unterhielt mich mit ihnen. Sie stellten mir Fragen, und sie erzählten mir viele seltsame und wunderbare Dinge. Ihre Füße sind wie die von Elefanten, und ihre Stimmen langsam und leise. Aber sag, wenn die Zeit der Übersättigung verstreicht, gelüstet es die Männer wieder nach den Frauen?

QWERTZ: Zuweilen.

DIE SCHLANGE: Uns auch. Im folgenden Jahr roch ich sie wieder, auch diesmal über die ganze Welt hinweg, und ich folgte dem Ruf und ging zu ihr. Und von da an ging ich jedes Jahr zu ihr, bis …

QWERTZ: Bis was?

DIE SCHLANGE: Bis Doktor Lao mich fing und einsperrte. Sag, tun Männer in Käfigen …?

QWERTZ: Zuweilen.

DIE SCHLANGE: Wir auch.

QWERTZ: Die ganze Geschichte der Seefahrt hindurch

haben immer wieder Leute behauptet, dich gesehen zu haben. Hast du die Gewohnheit gehabt, von Zeit zu Zeit den Kopf aus dem Wasser herauszustrecken und Leute zu erschrecken?

DIE SCHLANGE: Ach, manchmal, wenn ich ein Schiff gesehen habe, bin ich rübergeschwommen und habe reingeschaut, einfach zum Spaß, um die Leute schreien zu hören. Ich halte auch gerne meine Legende am Leben, weißt du.

QWERTZ: Erzähl mir, wie Doktor Lao es fertiggebracht hat, dich zu fangen.

DIE SCHLANGE: Es war wegen der Seejungfrau. Noch nie hatte ich etwas wie sie gesehen. Sag, ist sie schön?

QWERTZ: Überaus schön.

DIE SCHLANGE: Nun, ich trieb mich eines Tages vor der chinesischen Küste herum, als Doktor Lao in seiner großen alten Dschunke vorbeigesegelt kam. Das Ding fuhr direkt über mich weg, da ich in diesem Augenblick unter Wasser nach kleinen Tintenfischen suchte. Sobald ich jedoch auftauchte und Luft holte, sah ich, wie der Doktor etwas aus dem Wasser zog, was ich für einen hellglänzenden Fisch hielt. Er und alle seine Kulis vollführten ein höllisches Geschrei, so daß ich längsseits heranschwamm, um zu sehen, welcher Fang sie so erregte. Es war die Seejungfrau. Ich hing nur mit meinem Kopf über den Bug der Dschunke und starrte sie an. Da, während ich noch in meiner Trance war, warf mir Doktor Lao eine Leine um den Hals mit einer Schlinge und machte das andere Ende am Ankerspill fest. Wie ein verdammtes Seil zogen diese Chinesen mich an Deck. Die verfluchte Leine schnürte mich so zusammen, daß ich bewußtlos wurde, und als ich zu mir kam, war ich im Käfig. Seitdem war ich immer in einem Käfig. Das war vor neun Jahren. Aber mein Tag wird kommen. Ich vergesse nicht.

QWERTZ: Was wirst du tun?

DIE SCHLANGE: Ich werde speisen, und Doktor Lao wird den Fleischgang abgeben.

QWERTZ: Vorausgesetzt natürlich, daß es dir gelingt, diesem Käfig zu entkommen.

DIE SCHLANGE: Genau.

QWERTZ: Und nach der Mahlzeit?

DIE SCHLANGE: Oh, dann werde ich die Seejungfrau holen, sie auf meinen Rücken heben – ich glaube, mit den Händen und dem Fischschwanz zugleich kann sie sich festhalten –, und dann werde ich mich zum nächsten Fluß begeben und zum Meer schwimmen. Und nichts und niemand sollte versuchen, mich aufzuhalten.

QWERTZ: Warum die Seejungfrau mitnehmen?

DIE SCHLANGE: Sie ist eine Tochter des Meeres, wie ich ein Sohn des Meeres bin. Sie sehnt sich ebensosehr nach dem Meer wie ich. Außerdem ist sie schön, du hast es selbst gesagt. Ich werde sie zum Meer bringen und sie dort in Freiheit setzen. Meinst du, sie wird mir zuwinken, wenn sie in die Flut hinausschwimmt? Meinst du, sie wird mir zulächeln, wenn sie sich entfernt?

QWERTZ: Natürlich wird sie das.

DIE SCHLANGE: Ich hoffe es. Dann werde ich selber in die Flut eintauchen und nach Osten zu der braunen Felseninsel gehen. Meine Liebe wird dort noch immer wohnen, ich weiß es. Ich werde nach Osten gehn, zu ihr. Obelia und Nautilus und Tintenfisch und Hammerhai – ich werde sie alle wiedersehen.

QWERTZ: Ich würde gerne mit dir gehen.

Mr. Qwertz durchwanderte das Zirkusgelände und wartete darauf, daß die Hauptvorstellung beginnen würde. Er traf die Reporterin von der *Tribune*, die gerade aus einem anderen Zelt kam.

»Sie beneiden mich sicher«, sagte sie, »wenn ich Ihnen erzähle, daß mir gerade Doktor Lao persönlich ein Interview gegeben hat!«

»Schnickschnack!« sagte Qwertz. »Mir hat gerade seine Schlange eins gegeben.«

Angenehm angefüllt mit Harry Martinez' gutem Bier saßen Larry Kamper und sein neuer Bekannter an der Bar, unterhielten sich, nahmen kleine Schlucke und rauchten. Sie hatten Freundschaft und gegenseitiges Interesse entdeckt und hatten das junge Grün ihrer Kameraderie mit reichlichen Güssen kühlen runden Biers gefördert. Nachdem das Wetter, die harten Zeiten und die Zirkusparade erschöpfend diskutiert worden waren, nahm man nun Larrys Karriere im Orient unter der Fahne des Vaterlandes in Angriff.

»Sechs Jahre«, sagte Larry, »sechs verdammte Jahre hab ich bei den Heiden verbracht, und jetzt komm ich heim und muß mich erst mal wieder zivilisieren lassen. Jesus, ich war wie ein kleiner Farmersjunge, der zum ersten Mal in der Stadt ist, als ich in Frisco angekommen bin.«

»Wo warst du denn da in China, Larry?«

»Oben in Tientsin, die meiste Zeit. Da ist die Fünfzehnte stationiert. Natürlich sind wir auch jede Menge durch die Gegend marschiert.«

»Was für'n Bier gibt's denn da drüben?« fragte Harry Martinez.

»Ach, Asahi und Sakura und Gold Bottle und Five Star und Kupper und Chess und Spatenbräu und Münchener und eine gottverdammte Menge anderes Zeug. Aber das Kupper war das beste. Mein Gott, da hab ich genügend getrunken, um ein Schlachtschiff flottzumachen. Mensch, das war schon ordentliches Bier.«

»Und was für Frauen gibt's da?«

»Ach, alle möglichen – Koreanerinnen und Mandschurinnen, Jüdinnen und Russinnen und Japanerinnen und Kantonesinnen und Annamitinnen und Lettinnen und Slawinnen und Französinnen und Elsässerinnen und Filipinas. Haufen gute Frauen. Die aus der Mandschurei waren aber die besten. Große alte Kühe von Mädchen mit weichen Augen und großen Füßen, die haben sie nie gebunden. Die trugen Hosen und Jacken wie die Männer, und ihr Haar war wie schwarzer Rauch, fetter schwarzer Rauch.«

»Ich hab immer gehört«, sagte der Freund, »daß diese Chinesenfrauen anders gebaut sind. Tatsache?«

»Ach nee«, sagte Larry, »die sind wie andere Frauen auch. Aber komisch, eine Menge Chinesen denken genau dasselbe über weiße Frauen, möchte mal wissen, wo diese verdammte Schnapsidee eigentlich herkommt.«

Weder sein Freund noch Harry Martinez konnten ihm hier weiterhelfen.

»Herrgott«, sagte Larrys Freund. »Ich würde schon auch gern um die Welt reisen und so komische Menschen und seltsame Orte sehen wie du. Immer schon wollt ich reisen, aber ich werd's wohl nie packen, ich bleib sicher hier in Abalone mit Frau und Kind und kratz bißchen was zum Leben zusammen, bis ich sterbe. Erst neulich denk ich mir, warum kann ich mich eigentlich nicht heimlich davonmachen und mich zur Küste durchschlagen und dann als blinder Passagier auf ein Schiff nach Australien oder so – irgendwohin, solange es nur verdammt weit weg ist. Und wenn ich dann dort bin, kann ich meinen Namen ändern und ganz neu anfangen und vielleicht noch einen Haufen Spaß haben. Aber ich glaub, ich bleib wohl hier in Abalone bei Frau und Kind, bis ich verfault bin.«

»Je mal dort drüben gesehen, wie sie einen enthauptet haben, Larry?« fragte Harry Martinez.

»Aber sicher. Siebenzwanzig, da haben sie's oft gebracht, wie es so schlimm mit den Banditen war. Da sind wir immer in die Stadt rüber, jedesmal wenn eine Hinrichtung war, und haben Bilder gemacht von der verdammten Sache. Hab paar gute Bilder in meinem Koffer, der in Frisco in der Pfandleihe liegt.

Einmal, drunten in 'ner Stadt mit Namen Tongshan, wo wir Wache geschoben haben, während da gerade eine Revolution lief, da haben die Chinesersoldaten ein paar Deserteure zusammengetrieben und haben dann gemeint, das müßte 'ne öffentliche Hinrichtung geben. Sie haben's in einem Steinbruch gemacht, und wir sind alle hin zum Zuschauen.

Diesmal haben sie sie erschossen, statt mit dem großen Messer zu arbeiten. Sie haben sich immer einen geholt, ihn hinknien lassen, und dann kam einer von den chinesischen Unteroffizieren mit einer großen Mauserpistole und hat ihm eins zwischen die Hörner verpaßt.

Ein Riesenhaufen Leute stand herum und sah zu. Bei Hinrichtungen zusehen war so ziemlich das einzige, was es in Tongshan zu tun gab, außer Kohle fördern.

Also, die Chineser bringen gerade den letzten Typ herangeschleppt, einen Riesenkerl, und gehn dran, ihn auch umzulegen und Feierabend zu machen. Der Unteroffizier schaut in das Magazin von seiner Mauser, ob er noch eine Kugel hat, und kommt dann rüber und will diesen großen Typ erledigen. Also, der ist schrecklich nervös und schaut aus dem Augenwinkel auf die Mauser, und gerade als der Unteroffizier abdrückt, zuckt der große Typ so mit dem Kopf zur Seite, und der schießt vorbei. War auch das erste Mal den ganzen Tag, daß er vorbeigeschossen hatte.

Aber diese verflixte Mauserkugel wollte Blut und fährt gegen einen flachen Stein und saust als Querschläger rauf in die Zuschauermenge und trifft ein kleines Kind direkt in die Schläfe, daß es umfällt.

Und, verdammt noch eins, die Chineser fanden das den besten Witz von der Welt. Die lachten und lachten, bis sie beinah geplatzt sind. Also schon ein verrücktes Volk.«

»Ich hab mal gesehen, wie Pancho Villa ein paar an die Wand gestellt hat«, sagte Harry Martinez. »Aber da hat niemand gelacht.«

»Na, Herrschaften, die Chineser sind jedenfalls ein toller Laden«, sagte Larry, »irgendwie gefallen die mir. He! Der Zirkus, macht das nicht auch ein Chineser?«

»Stimmt.«

»Na, dann komm, gehn wir. Der muß gut sein.«

Den ganzen Weg die Main Street hinunter machte Larry immer wieder kleine Stolperschritte, weil er versuchte, Schritt mit seinem Freund zu halten.

»Schau dir diese verdammte Stadt an«, klagte der. »Seit neunzehnhundertneunzehn sitz ich hier fest. Hergekommen wegen der Gesundheit von meiner Frau, und ich glaub, ich bleibe ewig hier. Gotteswillen, der Rest meines Lebens in Abalone! Die verdammte Stadt war tot, als ich hier ankam, und wird immer toter. Du bist in China gewesen und in Japan und auf den Philippinen und überall und ich nirgendwo außer in Abalone, Arizona. Gotteswillen!«

»Ja, ist schon hart«, sagte Larry.

»Was hast du denn vor, Larry, wenn du hier weggehst?«

»Ach, ich werd wohl irgendwo ein Rekrutierungsbüro

suchen und mich für die Elften Pioniere in Panama einschreiben lassen. Das soll 'n guter Haufen sein, und jedenfalls ist's eine Abwechslung von der Infanterie. Und wenn ich das runtergerissen hab, vielleicht die Küstenartillerie in Hawaii, und danach die Flieger auf den Inseln, und dann vielleicht zurück nach China. Weiß auch nicht, gibt noch viel, was ich gerne sehn würde.«

»Hältst nichts davon, an einem Ort seßhaft zu werden, hm?«

»Teufel, nein! Hab noch nie was gesehen, was mir nicht nach ein paar Jahren zuviel geworden ist. Das ist das Gute an der Armee. Wenn deine Zeit um ist, kannst du abhauen und woanders hingehen. Nicht wie ein Job in Zivil.«

»Nein«, sagte sein Freund, »bei Gott nicht, hast du recht.«

Sie erreichten das Zirkusgelände gerade in dem Moment, als die beiden Collegeboys auf der Main Street landeten. Larry und sein Freund gingen zu ihnen hinüber und halfen ihnen auf.

»Was gibt's, Jungs, rausgeworfen worden?«

»Sozusagen«, sagte Paul Conrad. »Macht nichts, ist ein lausiger Zirkus.« Er und Slick stiegen in ihr altes Auto, ließen den Anlasser ein paarmal knirschen und fegten dann davon. Hinten waren ein paar Wörter aufgemalt:

ACHTUNG - STUDENTEN - GEISTESBLITZE
ABSTAND HALTEN

»Großartige Typen, diese Collegebubis«, sagte Larry bewundernd. »Denen ist alles völlig scheißegal.«

Die Leute lachten, als Doktor Lao auf Larry Kamper zuging und ihn auf Chinesisch anredete, doch das Gelächter verwandelte sich in ungläubiges Staunen, als Larry in der fließenden Vokalmusik des Hochmandarin antwortete. Er sang die Silben in den vier Tonlagen ebenso schrill wie der Doktor, und sie redeten miteinander wie zwei Fremde, die sich in einem fernen Land begegnen und entdecken, daß das Band einer gemeinsamen Sprache sie verbindet.

Als sie fertig waren, verbeugten sich der Doktor und Larry voreinander, machten einen Kratzfuß und gingen ihres Wegs. Larry kam zu seinem Freund herüber und sagte: »Komm mit, der Doc hat mir 'nen heißen Tip gegeben. In dem Zelt da drüben. Komm, los, du wolltest doch was zu sehen kriegen. Das hier sollte dich interessieren.«

Sie hasteten in das kleine dunkle Zelt. Der Doktor war bereits da. In einem niedrigen Käfig winselte und rülpste eine große graue Wölfin.

»Ich begreife nicht, wie das geschehen konnte«, sagte Doktor Lao. »Gewöhnlich ist sie so genau in ihren Perioden. Erst im Oktober war sie fällig. Und jetzt muß sie sich ausgerechnet mitten in einer Zirkusvorstellung verwandeln. Ich bin sicher, daß das Äquinoktium etwas damit zu tun hat.«

»Was redet er da?« flüsterte Larrys Freund.

»Die verdammte alte Wölfin hier wird sich in ein Mädchen verwandeln«, sagte Larry. »Paß gut auf, so was hast du noch nie gesehen, möchte ich wetten.«

»Ach, Mensch«, sagte der Mann, »was willste mir denn da aufbinden?«

»Ich bind dir nichts auf«, protestierte Larry. »Noch nie was von Werwölfen gehört? Die verwandeln sich die ganze Zeit. Das hier ist eine, und da schlägt's jetzt jeden Augenblick um. Mann, wie die stöhnt!«

»Also, ich glaub's erst, wenn ich's sehe«, sagte der Mann, »und dann weiß ich auch noch nicht, ob ich's glaube oder nicht.«

Die dichten Nackenhaare der Wölfin glitten nach hinten; über den Bauch hinweg zogen die Zitzen und schlossen sich zu einem dicken Zwillingspaar zusammen. Ihre Reißzähne wurden stumpf und traten zurück. Der Schwanz schrumpfte.

»Also, irgendwas passiert mit ihr, mein Gott«, stimmte Larrys Freund zu. »Was ist denn los, ist sie krank?«

»Nein, nein«, sagte Doktor Lao, »nur die üblichen Präliminarien. Gleich werden Sie sehen, wie sich die Hinterfüße einer drastischen Elongation unterwerfen. Danach verwandelt sie sich sehr rasch. Interessant, wenn Sie an mutationeller Morphologie interessiert sind.«

Die Wölfin stieß Laute großen Schmerzes aus, doch nicht Laute, die Wölfe gewöhnlich hervorbringen.

»Sehen Sie«, sagte Doktor Lao, »wenn eine Kaulquappe sich in einen Frosch verwandelt, so ist diese Metamorphose ein langwieriger Prozeß, und was in diesem Vorgang an physischem Schmerz enthalten sein mag, wird durch die große Langsamkeit ausgeglichen. Anders als in diesem Beispiel ist es, wenn eine Wölfin sich in eine Frau verwandelt; das geschieht in wenigen Minuten, und der Schmerz ist merklich intensiver. Wie Sie bemerken, durchläuft sie während der Verwandlung blitzschnell alle Tierformen, die Glieder in der evolutionären Kette zwischen ihrer Gestalt und der menschlichen sind. Ich habe mir ohnehin oft gedacht, daß Lykanthropie nichts anderes als eine Inversion der Entwicklungsgesetze ist.«

Ein Aufkeuchen war zu hören, ein Stöhnen, ein Schluchzen, und schaudernd lag eine Frau im Käfig.

»Ach, Doc!« sagte Larry angewidert. »Warum haben Sie uns denn nicht gesagt, daß die so verdammt uralt sein würde? Jesus! Das ist ja von jemand die Ururgroßmutter. Zum Teufel, ich hab gedacht, wir sehen ein nettes Hühnchen. Werfen Sie ihr doch irgendwas über!«

»Sie Sensualist«, sagte der Doktor. »Ich hätte mir denken könne, daß Ihr einziges Interesse an diesem Vorgang fleischlicher Natur sein würde. Sie haben ein Wunder gesehen – legt man nun geistige oder profane Maßstäbe an –, aber Sie sind enttäuscht, weil es Ihre Lust nicht kitzelt.«

»Ich bin Soldat und kein Wissenschaftler«, sagte Larry. »Ich dachte, ich krieg was Scharfes zu sehen. Wie alt ist denn das alte Mädchen da eigentlich? Hundert?«

»Ihr Alter beträgt über dreihundert Jahre«, sagte der Doktor. »Werwölfe erreichen ein bemerkenswert hohes Lebensalter.«

»Eine dreihundertjährige Frau! Wow! Und ich denk, ich krieg ein Hühnchen zu sehen. Meine Fresse, laß uns gehen, Kumpel.«

Sonor dröhnte und klang der große Bronzegong, und von überallher auf dem Zirkusgelände kamen die Leute (rot und schwarz und weiß), verließen die kleinen Sideshow-Zelte und schlurften durch den Staub. Ein paar Augenblicke war die Zeltstraße dicht mit ihnen gefüllt, als sie sich zum großen Zelt drängten. Dann lag sie wieder verlassen da, nur von Staubschleiern belebt, als alle die Menschen hinter der Zeltleinwand verschwunden waren. Und das Klingen des Bronzegongs verhallte und erstarb.

Das große Zelt war innen in mattem Altweiß lackiert und bemalt mit schwarzen Swastiken und Flügelschlangen und Fischaugen. Es gab keine Manege. In der Mitte stand statt dessen ein großes Dreieck, und jeder Winkel war mit einem Piedestal geschmückt. Doktor Lao, in voller Stallmeistermontur – Schwalbenschwanz, Zylinder und knallende Peitsche –, erstieg eines davon und stieß in eine Trillerpfeife. An einem entfernten Eingang hörte man Zischen und Rascheln. Chinesische Musik, monoton wie ein Dudelsack, piepste durch das Zelt. Man konnte erkennen, wie sich Gestalten an dem Eingang auf der anderen Seite formierten. Der große Aufmarsch begann. Die Hauptvorstellung hatte angefangen.

Schnaubend führte das Einhorn den großen Aufmarsch an. Seine Hufe waren vergoldet, die Mähne gekämmt worden.

»Beachten Sie es!« schrie Doktor Lao. »Beachten Sie das Einhorn. Die Giraffe ist das einzige Tier mit einem Geweih, welches das Geweih nicht abwirft. Die Gabelantilope ist das einzige gehörnte Tier, das seine Hörner abwirft. Sie stehen innerhalb ihrer Spezies einzig da. Aber wie ist es mit dem Einhorn? Ist es nicht noch viel einzigartiger? Ein Horn ist Haar, ein Geweih Knochen, aber das da auf dem Kopf des Einhorns ist Metall. Denken Sie darüber nach!«

Dann kam die Sphinx, stattlich und würdevoll einherschreitend und ihre Locken schüttelnd.

»Sag was zu ihnen!« zischte der Zeremonienmeister Lao ihr zu.

»Was geht auf vier, auf zwei, auf drei Beinen?« sagte der Androgyn mit törichtem Lächeln.

Mumbo Jumbo kam mit seinem Gefolge. Der Satyr blies die Syrinx. Die Nymphen tanzten. Die Seeschlange glitt dahin und bildete Schlingen mit ihrem Leib. Unter flatternden Flügelschlägen füllte die Chimäre das Zelt mit Rauch. Zwei Schäferinnen trieben ihre Schafe daher. Ein Ding, das aussah wie ein Bär, trug die Seejungfrau in den Armen, die Kußhändchen ins Publikum warf.

Der Heckenhund bellte und spielte. Apollonius streute Rosenblätter. Mit verbundenen Augen und sich windenden Schlangen wurde die Medusa vom Faun vorbeigeführt. Piepend hüpfte das Rukh-Küken. Auf dem goldenen Esel ritt ein altes Weib. Eine zweiköpfige Schildkröte, die sich für keinen Kurs entschließen konnte, wanderte unsicher herum. Es war die bizarrste Versammlung, die Abalone, Arizona, je gesehen hatte.

Mr. Qwertz, der hinter Larry Kamper saß, sagte zu Miss Agnes Birdsong: »Na, das ist wohl die ganze Truppe, abgesehen von dem Werwolf. Wo der wohl steckt?«

Larry drehte sich um. »Sehn Sie die alte Frau da auf dem Esel? Da haben Sie Ihren verdammten Werwolf.«

Immer herum um das große Dreieck gingen die Tiere, tanzten, schritten, flatterten, krochen, und Lao, der Zeremonienmeister, dirigierte sie von seinem Piedestal aus. Sie brüllten und kreischten und husteten; von Saiten und Rohrflöten stieg monoton die piepende chinesische Musik auf, in schwankendem Gewimmer. Die Sphinx kam zu dicht hinter dem kühlen Einhorn und berührte zufällig schnüffelnd sein Hinterteil, und das Einhorn explodierte, gewaltig ausschlagend und seine Hufe in die Flanke der Sphinx stoßend. Der Hermaphrodit schrie schrill auf. Mit seinen großen Tatzen hieb er nach Nacken und Rücken des Einhorns und zerkratzte sie. Das Einhorn sprang wie ein wütender Hengst, wirbelte herum und richtete sein Horn auf die Lungen der Sphinx. Nervös schoß die Chimäre hin und her; ihre klappenden Flügel wirbelten Staubwolken auf. Die Seeschlange richtete sich zu einem riesenhaften S auf, stieß, fünfzig Fuß lang, zu und fing die Chimäre an einem Vorderfuß; dann schlang sie sich in sieben Windungen um Flügel und Schultern. Der Heckenhund rollte sich zu einem kleinen Ball zusammen und sah aus wie ein verlaufendes Rasenstück. Der Russe küßte leidenschaftlich die Seejungfrau. Seine Hörner senkend und einen kurzen Anlauf nehmend, stach der Satyr Mumbo Jumbo in den Hintern, als der schwarze Gott ihm den Rücken wandte. Die alte Frau verwandelte sich in einen Wolf zurück und schlich knurrend auf das Rukh-Küken zu. Der kleine Faun bewarf Doktor Lao mit Steinen. Die Nymphen und die Schäferinnen und Lämmer versteckten sich wimmernd. Vom Gesicht der Medusa fiel die Binde: Elf Besucher verwandelten sich in Stein.

»Oh, welches Unglück!« schrie der Doktor. »Warum müssen sie sich streiten, wenn es nichts gibt, um das zu streiten wäre? Sie sind dumm wie die Menschen. Halt sie auf, Apollonius, rasch, ehe jemand verletzt wird!«

Der Thaumaturg schleuderte Zauber um Zauber unter die hysterischen Tiere. Zauber des Friedens, der Vermittlung, der Vernunft, des Kompromisses und der Ruhe blitzten durch die fieberhafte Luft und fielen wie weiche Gewebe um die Kämpfenden hernieder. Der Lärm ließ nach. Sein Horn aus der Seite der Sphinx hervorziehend, trottete das Einhorn zur Seite und fraß von dem kargen Gras des Bodens. Die Sphinx leckte sich die verletzte Flanke. Die Seeschlange löste sich von der Chimäre und schloß gähnend ihre Kiefer wieder. Der Heckenhund stand auf, schüttelte sich und winselte. Die Seejungfrau streichelte den Bären. Mumbo Jumbo verzieh dem Satyr. Der Werwolf verwandelte sich wiederum. Der Faun hörte auf, Steine zu werfen. Nymphen, Schäferinnen, Lämmer kamen zurück. Die Medusa legte ihre Binde wieder an.

Nach dem Sturm die Ruhe. Frieden nach der Schlacht. Vergebung nach dem Haß. Die Tiere standen müßig, keuchend, strichen und leckten sich das schmerzende Fleisch. Doch in den Augen von einem glühte noch die Hitze des Kampfes. In seinem Körper loderte noch immer die Lust zu töten, sie flammte hoch auf: Und die große Schlange ringelte sich plötzlich zusammen, stieß wie eine Schleuder vor und fing sich Doktor Lao von seinem Podest. Über das ganze Dreieck hinweg stieß die Schlange zu, und das Auge konnte dem Vorbeiblitzen ihres Kopfes nicht folgen.

»Ah, mein alter unversöhnlicher Feind!« stöhnte der Doktor. »Nur du wolltest nie zahm werden. Du allein hast mir nie verziehen. Hilf mir, Apollonius, rasch, eh er mich tötet!«

Um die Schlange herum ließ der Magier einen Schleier der Kälte aufziehen; wie der Frost in die Haut des Reptils biß, verlangsamte sich die windende Bewegung, und die Augen verglasten sich. Kälter, kälter, kälter wurde der Schleier, und die große Schlange wurde träge und ihr Blut dick in der eisigen Luft. Schließlich lag sie still, ein langes graues Band, sehenden Auges, aber ohne etwas wahrzunehmen; die Wut wand sich noch immer in ihren Schlingen, doch gefroren, tatenlos.

Doktor Lao kroch beiseite. »Laß ihn so kalt, bis wir ihn wieder im Käfig haben«, befahl er. »Glücklicherweise bin ich gegen sein Gift immun. Aber er ist heimtückisch und rachsüchtig, ich hätte es besser wissen und ihn nicht herauslassen sollen.«

Die Show ging weiter.

Während alle anderen sich zurückzogen, blieb die Sphinx für eine Solonummer im Dreieck – ein akrobatischer Tanz. Schwanz, Rumpf und Hinterfüße in die Luft werfend, tanzte sie auf den Vorderfüßen Walzer und Polka im Rhythmus der schlecht und recht gespielten Tanzmusik. Elegant machte sie einen verkehrten Knicks, dann tanzte sie summend und grinsend schwerfällig weiter.

»Wenn es da tanzt, sollt es 'nen Partner haben«, sagte jemand.

»Hehe!« lachte ein Quarantäneinspektor. »Das Tier da braucht keinen Partner, was, Al?«

»Nee doch«, sagte Al. »Das ist gleichzeitig Pierrot und Columbine, mein Lieber.«

Ein riesiger Eber trottete in das Dreieck.

»Hier haben wir etwas, was Sie noch nie gesehen haben dürften«, schrie der Chinese. »Das Gadarenische Schwein persönlich. Dämonenbesessen sucht es überall auf der Welt nach Erlösung, doch findet sie diese nicht. Ein biblisches Tier, symbolisiert es die Unreinheit allen Fleisches. Daher rituelle Schlachtungen: um die verborgenen Teufel zu vertreiben, dies ist der Zweck des Mummenschanzes der Priester-Metzger.«

Grunzend und brummend hielt der Eber inne, um im Boden zu wühlen. Aus seinem Ohr fuhren Hals und Schulter des ihm innewohnenden Teufels hervor. Der kleine Beelzebub schwenkte seinen Dreizack nach Doktor Lao. »In diesem Zelt hier ist es heißer als in der Hölle«, sagte er.

»Du mußt es wissen«, gab Doktor Lao zu.

Der kleine goldene Esel trat vor. Esel und Eber trippelten zusammen in einem Menuett.

»Warum um alles in der Welt«, fragte Mrs. Howard T. Cassan, »tanzt in diesem Zirkus alles ständig? So etwas habe ich noch nie erlebt.«

»Es handelt sich um den Tanz des Lebens, gnädige Frau«, sagte der ältere Herr mit den Golfhosen. »Sie werden hinreichend Präzedenzfälle finden, wenn Sie mit genügend Ausdauer danach suchen.«

Das Dreieck leerte sich. Doktor Lao pfiff: Der Heckenhund trottete herbei. Er ging auf den Hinterbeinen und landete dann mit einem Überschlag auf den Vorderbeinen. Er stellte sich tot und zählte mit lakonischem Bellen. Doktor Lao warf ihm zur Belohnung Salatblätter zu.

»Na, Mensch, da hab ich schon besser dressierte Hunde gesehen«, sagte einer von den Polizisten.

»Ich auch, Mutter«, flüsterte Alice Rogers.

»Mutter meint, daß das ein sehr kluges Tier ist, Alice«, sagte Mrs. Rogers und schaute stirnrunzelnd zu dem Polizisten hinüber.

»Warum issen hier kein Elefant?« wollte Edna Rogers wissen.

»Edna, du sollst doch nicht issen sagen«, sagte Mama.

»Ich seh das halt gern, wenn die Elefanten in einer Reihe sich am Schwanz fassen«, sagte Edna.

Mrs. Rogers sagte: »O Kinder, schaut mal, der lustige Vogel. Wie komisch das ist.«

Nur unvollkommen trainiert ging das Rukh-Küken über das Hochseil. Es konnte sich kaum im Gleichgewicht halten und besaß keinerlei Anmut, aber seine Krallen hatten einen furchtbaren Zugriff, und es ging über das Seil, als hätte es statt der Füße Schraubzwingen. Doktor Lao warf ihm Schinkenstückchen zu, als es das Ende des Seils erreichte. Als es nach den Fleisch- und Schwartenfetzen schnappte, fiel das Küken nach vorn, doch seine Füße klammerten sich fest, und in einem flatternden Halbkreis schwang der Rukh hinab und hing kopfüber vom Seil. Und er wollte nicht loslassen. Doktor Lao gab ihm noch ein Stück Schinken und lockte ihn mit weiteren Happen, seinen Krallengriff zu lösen, doch die riesigen roten plumpen Füße, die wie Knoten aus dem Seil hervorwuchsen, hielten fest. Der umgekehrt pendelnde Gelbschnabel weinte über seine verkehrte Lage und bettelte um mehr Fleisch. Seine dünnbefiederten Flügel hingen melancholisch herab, seine großen rotgeränderten Augen schauten ängstlich in das Sägemehl des Dreiecks hinunter.

»Nun laß doch los, du Dummkopf«, schimpfte der Doktor lauthals, »und wir stellen dich wieder auf die Füße ... Ich bitte um Verzeihung, meine Damen und Herren, die Unbelehrbarkeit dieses törichten Vogels hat die Nummer ruiniert.«

»Geben Sie ihm doch 'nen Regenwurm, Doc!« schlug jemand vor.

»Lieber Himmel, Mann!« sagte der Doktor. »Rukhs sind Raubvögel, keine Vermivoren. Die rühren keinen Angelwurm an.«

Mumbo Jumbo kam aus der Garderobe; seine riesige Schwärze lieh der kahlen Zirkusmitte ein wenig Farbe. In einer Hand trug er eine Machete. Mit der anderen ergriff er das Seil. Mit der Machete hackte er das Seil entzwei. Der Rukh fiel aufs Gesicht, Mumbo Jumbo hob ihn auf wie einen Truthahn und trug den krähenden Vogel aus dem Zelt.

»Und nun, meine Damen und Herren«, sagte Doktor Lao, »habe ich das große Vergnügen, anzukündigen, daß Apollonius von Tyana, der größte Magier der Welt, Ihnen seine Interpretation des Hexensabbats vorführen wird... Apollonius von Tyana...«

Zischen und Rufe: »Lauter! Witziger!« von jemand auf den billigen Plätzen.

»Haben sich diese verdammten Collegebubis wieder eingeschlichen?« fragte Al.

»Apollonius von Tyana«, wiederholte der Zeremonienmeister.

Ganz in Schwarz, gedankenverloren, schritt der Magier langsam in das Dreieck, dem leisen murmelnden Applaus abwinkend.

Die Hände ausstreckend, mit der Linken direkt nach oben weisend und mit der Rechten direkt nach unten, intonierte er feierlich: »Es werde Dunkelheit.«

Und dichte Dunkelheit drang in das Zelt, undurchsichtig, undurchdringlich, und kroch in alle Ecken und Winkel des Zelts, so daß niemand mehr sagen konnte, neben wem er saß, und selbst Liebespaare sich im Dunkel berühren und streicheln mußten, um sicherzusein.

»Mondlicht«, befahl der Magier. »Mondlicht. Leise Musik der Pikkoloflöte.«

In das dichte Dunkel kroch ein Strahl Mondensilber, heimlich und verstohlen, als fühlte er, daß er nicht hierher gehörte, und leise Pikkoloflötenmusik begleitete seinen Weg. Und das Mondlicht weitete sich und beleuchtete eine Wiese, in deren Mitte eine Schweinesuhle lag, dick vor Schlamm, mit dünnem Wasser. Müßig wucherte Unkraut herum, mit Disteln und Nesseln dazwischen, und aus dem dünnen Wasser der Suhle drang die höchst begehrliche Spielmannsmusik der Frösche, die ihre unermüdlichen Hochzeitslieder sangen. Heller wurde das Wasser der Suhle, bis aus der Suhle eine Scheibe aus Mondlicht geworden war, eine Schale voll leuchtender Glut. Augen glänzten im Wasser: Augen von Fischen, Kröten und Fröschen, Salamanderaugen, Schildkrötenaugen, Krebsaugen. Sie pulsten im Mondlicht.

Durch die Wiese kamen kleine Tiere angeraschelt: Dachse, Nerze, Igel, Eichhörnchen, Ratten und Zieselmäuse, Katzen, Iltisse, Jungfüchse. Ihre Augen formten einen Kreis blauer Punkte, als sie sich um die Suhle sammelten. Sie wußten nicht, weshalb sie hier versammelt waren, aber sie kamen aus Wald und Moor, Hügeln und Wiesen, alle, um sich hier zusammenzufinden, und sie taten es stumm, ohne zu streiten und zu kämpfen. Stumm warteten sie und verwunderten sich, weshalb sie wohl warteten, hier neben der Schweinesuhle im Mondlicht.

Im dünnen Wasser schwammen die Schildkröten unablässig umher, und der Kamm ihrer Panzer kräuselte das Wasser mit leisem Zischen. Und der Salamander kroch den Uferrand hinauf und ins Wasser zurück, immer wieder, während die Frösche mit ihren Liebesliedern endigten und aufhörten, Eier zu legen. Eine Mokassinschlange ergriff einen grünen Ochsenfrosch; der Frosch schrie seinen Todesschrei im Mondlicht. Und all die anderen Frösche stöhnten und kauerten grün unter Krautblättern.

»Still«, brüllte Apollonius.

»Die Schlangen greifen uns an«, wimmerten die Spielleute.

»Still!« sagte der Magier.

Dann kamen die Hexen. Direkt vom Mondgebirge kamen sie auf ihren Besen die breite Straße der Mondstrahlen zu der Schweinesuhle und der wartenden Menge hinuntergefahren. Liebreizend einige, andere häßlich, dünn und ranzig, dick und boshaft, alt und jugendlich, widerlich und göttlich – sie kamen und kamen. Einigen war es schlecht nach der raschen Fahrt, und sie erbrachen merkwürdige Flüssigkeiten, andere spuckten Blut. Manche trugen Kapuzen wie Nonnen. In breiten Kreisen wirbelten sie, von den Besenstielen getragen, dahin, über die Wasseroberfläche fegend; wilde fliegende Weiber, flatternde Fetzen und Lumpen hinter sich herziehend, mit zuchtlosem Gelächter wie alte Kupplerinnen, kreisend, kreisend, schließlich landend. Der Uferrand der Suhle war schwarz vom Gedränge der Schwestern: Schwestern der Verführung, der Falschheit, des Verfalls. Ein Konvent geschwätziger Krähenweiber, ungewaschen, ohne Segen, ungeliebt und steril, so hüpften sie durch den Schlamm und krähten und krächzten.

»Tanzt«, sagte Apollonius, »der Meister kommt.«

Mitten im Wasser, auf dem Rücken einer riesigen Schildkröte, flammte Feuer in einem eisernen Kohlenbecken auf. Das Feuerlicht kämpfte mit dem Mondlicht, und das Mondlicht erstarb. Und das Gold des Feuers wusch das Silber des Mondes aus der Suhle hinweg. Die Frösche und Kröten, die Schildkröten und Salamander hoben ihre nassen Köpfe und stellten sich in Reih und Glied zu einer lebenden Brücke auf, die zum Feuer hinüberführte. Und die Hexen hoben ihre Röcke und liefen auf Zehenspitzen über das Wasser, auf dem Pfad, den die Köpfe der Wasserbewohner bildeten. Im Ring tanzten sie um das lodernde Feuer.

Quakend gaben die Frösche das Tempo ihrer Schritte an. Und Fledermäuse flogen aus der Nacht, um die tanzenden Schwestern zu begrüßen. Wie schwankende, ruhelose Rußflocken kamen die Fledermäuse; um die Ohren der Hexen schwebend, stießen sie ihr schrilles Pfeifen aus, in ihren Haaren sich niederlassend, bissen sie sie freundlich in die Ohren, schalten sie und erzählten ihnen Geheimnisse.

Aus dem Kohlenbecken der feuertragenden Schildkröte fiel eine rotglühende Kohle. Ehe sie noch das Wasser erreichte, schnappte eine Kröte, die sie für einen Leuchtkäfer hielt, mit agiler Zunge danach und verschlang sie; sie wand sich zuckend, als ihr Bauch brannte. Und die große Schildkröte, die über ihre Flamme wachte, senkte hin und wieder ihr Haupt in den Schlamm und zog mit den Kiefern Torffetzen und Holzstückchen herauf, die sie über ihren Kopf hinweg nach hinten in die Flammen schleuderte, um das Feuer zu nähren. Und wie der tropfnasse Brennstoff in die Flammen fiel, stieg auf den Flügeln des Dampfs ein Zischen empor.

Die Iltisse und Nerze lösten die Siegel ihrer Drüsensäcke; der dickliche Gestank durchflutete die Luft über dem Tümpel. Und die Kater schrien mit Sopranstimmen, die höher und heller als das Baßgebrüll der Ochsenfrösche in scharfem Kontrast aufstiegen. Und die Füchse bellten. Und die Igel gaben beunruhigt kleine Quietschlaute von sich. Die Dachse saßen auf den Hinterbeinen und sahen zu, mit maskengleichen fragenden Gesichtern, die Fellstreifen wie kreuz und quer verschoben, der Pelz feucht und schlammverschmiert.

Und die Hexen wirbelten und tanzten und kicherten und husteten und schnitten Grimassen, als der Gestank der Nerze auf sie schlug. Und die Tiere formten ihre grotesken Laute und sangen die Tanzmusik.

»Energischer!« rief der Thaumaturg. »Der Meister kommt!«

Die Tierrufe wurden lauter, ihr Stakkato krachte und knarrte durch die Luft um den Tümpel. Und die Hexen wirbelten rascher dahin, tanzten wilder, während das Feuer sprühte, stieg und brüllte.

Dann erschien über den Flammen – gelangweilt, dick, ewig lüstern, nervös und eine Zigarette rauchend – Satan Mekratrig. Grünlich war er, mit schwarzen Moderflekken auf Gesicht und Schultern. Er blies graue Ringe und beobachtete prüfend den Tanz.

»Kläglich«, sagte er. »Kläglich. Noch nie hab ich eine so jämmerliche Tanzerei gesehen. Auf geht's! Auf geht's!« Und Satan griff sich eine Peitsche aus der Luft und schlug auf die Hexen ein. Die lange Peitschenschnur schnappte und tanzte zwischen den tanzenden Schwestern, die Peitschenzunge quirlte unter ihnen, stach sie und schlug sie. Und von allen traf der Peitschenhieb am häufigsten die jüngste, eine blasse schlanke biegsame Hexe, eine elfenbeinnackte dunkelhaarige Hexe, Demisara, Hexe des Inzests, Hexe der Schande. Und die alten ausgebrannten Schwestern waren neidisch auf dieses Zeichen der Gunst, sie zischten sie aus und zuckten nach ihr und spuckten sie verstohlen an, doch die Peitsche Satans fiel immer wieder auf die jungen begehrenswerten Schultern von Demisara und schlang sich um ihre Hüften und knisterte auf ihrem Rücken, und die runzligen Alten lachten höhnisch, daß Mekratrig eine neue Favoritin hatte.

Die Tiere glitten alle ins Wasser und schlossen sich dem Tanz an, wälzten sich durch den Schlamm, traten auf die Krebse und Elritzen und Kaulquappen und drängten sich zwischen den Fröschen. In seiner Flamme schwebend lachte Satan die vorsichtigen verschmutzten Katzen aus, die sich die Füße nicht naß machen wollten, Angst hatten zu tanzen, Wasser und Schlamm verabscheuten, und wie auf heißen Steinen steifbeinig herumsprangen. Er griff sich Flammenklumpen aus dem Feuer und warf sie auf das Wasser, wo sie zwischen den pelzigen Tänzern brannten, Fell entzündend, Barthaar versengend, Schwänze entlangfahrend. Die Tiere heulten, als sie glühten und versengt wurden, doch sie tanzten fort und fort.

Und Satan Mekratrig griff hinüber und fing Demisaras Haar und zerrte sie aus dem Kreis der anderen Schwestern und zog sie zu sich in die Flammen und liebte sie dort. Sternenlicht glänzte in ihren Augen, Tautropfen glänzten auf ihren Schultern.

»Mach lieber Schluß, Apollonius«, sagte Doktor Lao warnend, »oder die Sache gerät gleich außer Kontrolle.«

»Mondlicht!« rief der Magier. »Schrille Musik der Pikkoloflöte!«

Mit einem Schlag kehrte das Mondlicht zurück und löschte den Feuerglanz aus. Das schrille Tönen der Pikkoloflöte ertränkte den Lärm der Tierrufe. Satan Mekratrig heulte einen Fluch: der blieb wie blauer Rauch in der Luft hängen. Der Rhythmus des Tanzes stockte und brach ab. Die Sicht wurde undeutlich. Das Feuer erlosch. Die Tiere verschwanden. Zum Mondgebirge zurück strömten die Hexen auf ihren Besenstielen. Und das Mondlicht schlich davon, und nur die dichte Dunkelheit blieb zurück.

»Es werde Licht«, befahl der Magier.

Licht kam, das Tageslicht von Abalone, Arizona, und erfüllte das Zelt. Doch in einer Ecke des Zeltes blieb Satan Mekratrig in der Luft schweben, und in seinen Armen wand sich kämpfend Demisara. Der Teufel kreischte zu Apollonius hinüber und forderte ihn heraus, dem Bann sich widersetzend. Schaum trat auf seine Lippen, so laut war sein Kreischen.

Der Magier griff in sein Gewand und zog ein Kruzifix hervor. Den kleinen, auf das Kreuz gravierten Jesus in die Höhe haltend trat er unter den Dämon. Inmitten des Zeltes barst eine große Flamme, und Hexe und Teufel verschwanden. Apollonius küßte und verwahrte den Gegenstand.

Der Beifall war mager und wenig überzeugend. Apollonius und Doktor Lao verneigten sich ernst voreinander. Dann stapfte der Magier gedankenverloren in sein Zelt zurück.

Rasch machten nun die Tiere die restlichen Nummern des Repertoires durch. Goldener Esel und Heckenhund zeigten eine Hund-und-Pony-Dressur. In purpurnem Trikot und scharlachroter Schärpe trat grinsend der Satyr auf: mit seinen scharfen, sicheren Hörnern ließ er Luftballons platzen, die Doktor Lao aufblies und ihm zuwarf. Ungaubwa, der Hohepriester der Neger, warf Messer und Dolche und nagelte eines der schwarzen Mädchen mit ihren Kleidern an einen Schild. Von einer hohen Leiter vollführte die Seejungfrau einen Kopfsprung in einen kleinen Wassertank. In fröhlichen griechischen Kostümen kamen die Nymphen und sangen das Lied der Sirenen (dasselbe, von dem Dr. Thomas Browne einst behauptete, es sei durchaus zu erschließen, das er aber trotzdem nicht zu benennen versuchte, indem er sich einfach mit der Behauptung begnügte, er könne es jederzeit, wenn er Lust habe).

Schäferinnen und Lämmchen folgten den Sirenensängerinnen. Sie spielten und sprangen durch einen Nachmittag voll leichter, schwebender Maienfrische. Wie Figuren auf dünnem altem Porzellan waren diese Schäferinnen und Lämmer, beinahe so ideal, beinahe so körperlos. Das Publikum entspannte sich schläfrig, während es ihnen zusah. Dann kam aus dem Nichts eine grausame, bittere, schwarze Wolke herangedröhnt, und über den Rand der Wolke streckte Satan Mekratrig sein schwitzendes Gesicht und grinste grünlich auf die reizenden Schäferinnen und die springenden Lämmer hinunter. Und Lämmer und Schäferinnen erschauderten und wichen zurück.

»Oh, weshalb muß das Symbol des Bösen überall und in jede Szene in diesem Zirkus eindringen?« rief Miss Agnes Birdsong. »Dieser zynische alte Chinese, ist das alles, was er begreift? Es gibt Reinheit und Einfachheit und Güte ohne irgend etwas Schlechtes dabei. Ich weiß es! Oh, er hat unrecht!«

»Es ist nur ein Zirkus«, sagte Mr. Qwertz. »Lassen Sie sich das nicht nahegehen.«

Doktor Lao hörte sie auch.

»Die Welt ist meine Idee«, sagte er, »die Welt ist meine Idee, als solche führe ich sie Ihnen vor. Ich habe meine eigenen Maße und Gewichte und meine eigene Rechentafel, um Werte festzustellen. Es ist Ihr Privileg, Ihre eigenen vorauszusetzen.«

Er winkte die Schäferinnen und den Dämon und die Maienzeit weg. Auf sein Piedestal kletternd, kündigte er an:

»Der Nachmittag geht zur Neige. Auf einigen Ihrer

Gesichter beobachte ich die Symptome einer entsetzlichen Langeweile. Nun, dieser Zirkus zeigt nur noch eine Szene: das Spektakel, wie das Volk der uralten Stadt Woldercan seinen Gott Yottle verehrt, der der erste und mächtigste von allen Göttern war, und der, der am wenigsten verzieh.

Solch eine Frömmigkeit findet man heute nicht mehr. Solch schlichter, vertrauender Glaube ist der Welt verlorengegangen. Wenn Sie hier in Abalone Ihren Gott verehren, tun Sie das, soweit ich informiert bin, in einer Kirche, die mit einer Sendestation ausgerüstet ist, so daß jedes Automobil mit einem Radio Sie selbst bei sechzig Meilen in der Stunde bei Ihren Gebeten hören kann. Doch hört Ihr Gott Sie? Je nun ... was liegt daran?

Damit Sie besser die bevorstehende Woldercan-Episode begreifen, muß ich erklären, daß Woldercan sich mitten in einer Dürreperiode befand. Arm und Reich hatten gleichermaßen nichts zu essen, denn die Trockenheit war so groß, daß nichts wachsen konnte. Mit einer solchen Katastrophe hatte sich Woldercan noch nie befassen müssen, denn während die Armen immer da waren und hungerten, wie es Brauch bei den Armen ist, lebten die Reichen (wie bei ihnen üblich) stets vom Fett des Landes. Aber nun gab es für niemanden mehr Nahrung, nicht einmal für die Reichen, und alles Gold des Reiches konnte nicht eine faule Rübe erkaufen.

Der Schrecken, der große Gleichmacher, fuhr durch die Stadt. Die Politiker waren machtlos, die Polizei war machtlos, die Gelehrten waren machtlos, die Reichen waren machtlos. Die Menschen standen in kleinen ängstlichen Gruppen herum und warteten, daß der Tod auf dem Wege des Verhungerns zu ihnen käme.

Doch ein Mann unternahm etwas. Das war der Hohepriester Yottles. Er ging eilig durch die Stadt und sagte:

»Kommt. Versammelt euch im Tempel. Wir werden zu Yottle beten. Yottle wird die Seinen beschützen.«

So ging ganz Woldercan, das nichts besseres zu tun hatte, zum Gebet in den Tempel von Yottle.

Und diese Episode, wie die verhungernden Woldercanesen in Yottles Tempel zu ihm um Errettung beten, ist sicherlich eine der großen, lebendigen, dramatischen Szenen der überlieferten Geschichte, und mit Stolz stelle ich sie Ihnen in meinem Zirkus vor. Als kleiner Hinweis auf das, was geschehen wird, darf ich Sie daran erinnern, daß sie ihrem Gott eine Jungfrau opfern. Frömmigkeit. Das war noch echte Frömmigkeit. Wenn Sie hier in Abalone um das Ende einer Dürre beten, gehen Sie da bei Ihren Glaubensbeteuerungen ebensoweit? Würden Sie Abalones schönste Jungfrau opfern? Je nun...«

Dann stieg Doktor Lao von seinem Piedestal und trat ein wenig zur Seite. Er zog seinen Impresario-Zylinder. »Meine Damen und Herren«, rief er: »Yottles Tempel im uralten Woldercan!«

Und die Rückwand des Zeltes rollte sich nach oben und hinten auf, und vor den Augen von Abalone, Arizona, lag das Innere des großen, feierlich ragenden Tempels des großen Gottes Yottle. Und feierlich rollte auch die Musik der Sphären in Wogen aus Schiff und Chor empor, zögerte an den riesenhaften Dachbalken und stieg höher, höher, bis zur Schwelle des Himmels.

Über dem Altar saß Yottle auf einer Estrade aus Elfenbein. Eine Hand hielt er erhoben, die andere streichelte seine Kehle. Seine Augen, die unter juwelenbesetzten Lidern hervorblickten, betrachteten Dinge, weit entfernt von der Erde. Weihrauchtöpfe qualmten um seine Knöchel. Er war größer als ein Mastodon, massiger als ein Nilpferd, furchterregender als beide. Bronze war Yottles Fleisch, und sein Fett war eine bronzene Fettheit. In einer

Nische unter der Estrade ruhte sein heiliges Steinbeil, das Opferwerkzeug, die brutale Keule des Todes.

Die zerlumpten, verhungernden Woldercanesen, elftausend an der Zahl, stöhnten elend und mitleiderregend, und einige stimmten leise Hymnen verlorener Hoffnung an. Grau waren die Gesichter der Woldercanesen, und es war das Grau des Hungers und das Grau der Angst, das sie färbte.

Aus der grauen Menge erhob sich der Hohepriester; es lag eine Art heiliges Leuchten auf seinem Haupt. Er segnete sie mit seinen Händen und sprach:

»Friede. Geduld und Friede.«

Dann wandte sich der Hohepriester zu Yottle und machte mystische, geheimnisreiche Zeichen.

Er kniete nieder. Er betete.

»Ruhm sei deinem Namen, Yottle, Ehrerbietung vor deinen Augen, Yottle; Yottle, du Allwissender, Yottle, du Allmächtiger. Sünder zumal treten wir vor dich, stinkend vor den Sünden der Trägheit und der Gier und des Hasses und der Lust. Müde geworden, können wir nicht länger sündigen; übersättigt, erkranken wir und haben Angst. Verzweifelnd und voll Scham wenden wir uns zu dir. Sterbend gedenken wir unserer vergessenen Gebete. Ohne Hoffnung flehen wir: Herr unserer Welt, vergib uns. Licht unserer Düsternis, erleuchte uns. Erbauer der Sphären, hilf uns. Yottle, großer Yottle, vergib uns nun, vergib.«

Aber einer der Männer hinten im Tempel stand auf und widersprach:

»Warum betest du so? Wir schämen uns keinesfalls. Wir stinken nicht vor Sünde und Lust. Der einzige Grund, weshalb wir hier sind, ist die Tatsache, daß Yottle es für richtig gehalten hat, unseren Ernten den Regen vorzuenthalten. Wir wollen keine Vergebung. Wir wollen

Regen und etwas zu essen, sag Yottle das. Dein Geschäft ist es, für uns einzutreten, nicht uns schlecht zu machen.« Er wandte sich an das Volk.

»Hab ich nicht recht?« fragte er.

»Das hast du ganz sicher«, sagten sie. Und zu dem Priester sprachen sie: »Natürlich hat er recht. Wir haben gesündigt, gut. Aber wir sind nicht ganz ohne Tugend. Im nächsten Abschnitt deines Gebets solltest du unsere Fehler zurücktreten lassen und unsere guten Eigenschaften herausstreichen. Stell uns nicht als Horde kleiner Sünderlein dar, die durch den Kot ihrer grenzenlosen Schwäche waten. Sag Yottle, in welcher Not wir sind, wenn du magst, aber sei nicht so eifrig dabei, zuzugeben, daß wir's auch verdienen, weil das unserer Ansicht nach nicht stimmt.«

Bitter antwortete ihnen der Hohepriester:

»Was! Ihr tadelt mich und stellt mich bloß, hier unter den Augen Yottles! Ihr sagt mir, eurem Hohepriester, wie ich zu beten habe! Also gut.«

Er wandte sich an Yottle und schrie:

»He, du großer Klumpen Bronze und Edelsteine! Schau uns an und erstaune, daß solch ein herrliches Volk dich noch nicht gestürzt und eingeschmolzen und aus deinem Metall Ketten und Spangen gemacht hat! Wir haben keine Angst. Wir sind groß. Woldercan bittet nicht: Es befiehlt. Höre uns und tue danach:

Sofort müssen wir zu essen haben. Und auch sofort Regen, damit wir weitere Nahrung ernten können. Deshalb wirf uns aus deiner kosmischen Küche, o Yottle, ein wenig Kuchen herunter, und kümmere dich mit deiner Gießkanne um unsere toten Kornfelder. Füttere uns, Yottle, rasch und reichlich; fülle unsere –«

Doch ehe der Priester mehr sagen konnte, überflutete ein lauter, harter, leidenschaftlicher Wortschwall seine

Rede und machte sie unhörbar. Und die Worte kamen von überall gleichzeitig, wie der Wirbelsturm, und wie eine Flut kamen die Worte. Dann endeten sie.

Die Woldercanesen fielen aufs Angesicht. Das war Yottles Stimme gewesen, und sie wußten es.

Der Priester erhob sich als erster. Er segnete sie mit seinen Händen.

»Friede«, sagte er zu seiner Herde. »Friede, und fürchtet nichts. Yottle hat gesprochen. Er ist ärgerlich, doch ist er willens, sich besänftigen zu lassen. Er sagt, er zweifelt an unserem Glauben in ihn, aber er ist bereit, ihn auf die Probe zu stellen. Doch sagt er, daß er nun so zornig ist, daß wir vor allem anderen ihm unsere schönste Jungfrau opfern müssen. Er sagt: Erst opfert sie, dann sprecht von Regen zu mir. Er ist sehr zornig. Er wird uns nicht viel Zeit lassen. Wir müssen schnell handeln, meine Kinder. Also laßt uns rasch die Jungfrau opfern und ihn besänftigen. Laßt uns unverzüglich unseren wütenden Gott versöhnen.«

»Aber wie willst du die schönste Jungfrau finden?« fragte der Mann, der ihn schon vorher unterbrochen hatte.

»Wir werden gleich hier und jetzt einen Schönheitswettbewerb abhalten«, sagte der Priester. »Alle Jungfrauen sollen sich in einer Reihe aufstellen, und wir werden die Schönste durch den Beifall aller ermitteln. Es wird für sie eine große Ehre sein. Außerdem ist es besser, daß eine sterben soll als das ganze Volk. Das ist generell die theoretische Begründung des Opfers. Also, alle Jungfrauen hier aufstellen. Bitte rasch! Schnelligkeit ist entscheidend. Yottle ist sehr zornig. Macht voran! Macht voran!«

Ein Dutzend Mädchen bildeten eine unruhige Reihe.

»Ach!« sagte der Priester ärgerlich. »Es gibt doch wohl

noch mehr Mädchen in Woldercan. Ich sehe welche mit meinen eigenen Augen. Kommt! Kommt!«

Ein Realist erinnerte ihn daran, daß eine der Bedingungen die Jungfräulichkeit der Teilnehmerin war.

»Liebe Zeit«, sagte der Priester. »Natürlich. Das erklärt es. Also gut. Wenn ich jetzt hinter diesen Mädchen einhergehe und jeweils meine Hand über ihren Kopf halte, werdet ihr durch euren Beifall die bezeichnen, die ihr als Braut für Yottle auswählen wollt.«

Die Menge des Volks von Woldercan ansehend, standen die zwölf Portionen reifer, doch unerprobter Sexualität da und warteten auf den Beifall, der einer von ihnen die Krone der Schönheit, beziehungsweise den Todeskuß bescheren sollte. Der zittrige alte Priester taperte hinter den Mädchen entlang und hielt über ihre schönen, triumphierenden Gesichter (schön durch Anmut und Liebreiz, triumphierend in Jugend und Leben) seine runzligen Hände hoch. Und ein lauteres oder leiseres Beifallsdröhnen lief durch die Gemeinde, als über jedem Kopf die priesterlichen Hände jeweils fragend verharrten. Und als über dem zwölften Kopf, einem dunkelhaarigen kleinen, stolzen kleinen, exquisiten kleinen Kopf, die alten Hände sich erhoben, wurde der Beifall donnernd laut, stets noch anschwellend, aufsteigend und widerhallend, und die Braut Yottles war gewählt.

Doch aus der Menge stieg ein lauter schluchzender Schrei auf. Und der Mann, der das Gebet des Hohepriesters unterbrochen hatte, kniete in plötzlichem furchtbarem Elend. Denn Woldercan hatte die ihm anverlobte Geliebte gewählt. Der Priester tröstete ihn erfolglos. »Yottles Wege sind nicht immer zu begreifen, Bruder«, sagte er. »Und Yottle hat zweifellos das Volk inspiriert, sie auszuwählen. Friede, Bruder, und fürchte nichts. Ruhm und Ehre erwarten sie.«

Das Volk war nun aufs äußerste gespannt. »Komm!« sagten sie. »Komm. Laß ihn. Zum Opfer.«

»Ja«, sagte der Priester. »Beugt nun euer Haupt.«

Akolyten bildeten eine Ehrenwache und bedeuteten der Gemeinde, völlig still zu sein, als ein wenig hinter ihnen die Jungfrau zum Altar ging. Ein seltsames dunkles Licht lag auf ihrem Gesicht, und über ihrem Kopf hing ein schwacher bleicher Schein. Sie gehörte nicht mehr Woldercan an, alle wußten es. Mit verdrehten, seitlichen Blikken starrten sie sie an und fragten sich nun, da sie geweiht war, verwundert, warum sie ihre Heiligkeit nicht früher bemerkt hatten. Und der Tempel ihres Leibes ging durch die Menge im Tempel Yottles, ein süßerer, heiligerer Tempel, geheimnisvoller und ein größeres Ausmaß an Verehrung provozierend als der Steintempel, durch den sie ging.

Ihr Geliebter warf seinen Kopf zurück und schrie tragisch: »O haltet sie auf! Haltet sie auf! Allmächtiger Gott, haltet sie doch auf! Laßt mich statt dessen sterben. Laßt uns lieber alle sterben, als daß sie auch nur angerührt würde. Dies bronzene Bildnis, dies schöne Mädchen – die eine töten, um das andere zu besänftigen? Wahnsinn! Oh, Himmel und Hölle, mordet sie nicht um dieses Idols willen!«

»Sei still!« sagte das Volk. »Setz dich hin! Du bist hysterisch. Yottle hat gesprochen, und wir werden sie ihm opfern. Ehre dem Namen Yottles! Von ihm fließt alle Weisheit her. Walte deines Amtes, Priester.«

Aus der Nische unter der elfenbeinernen Estrade hob der Hohepriester die heilige Steinaxt. Er wies die Jungfrau an, sich zu entkleiden, damit sie ungehindert durch leinene oder baumwollene Hüllen vor Yottle treten konnte. Die Woldercanesen zitterten und schrien vor Erregung. Der Tempel selbst schien zu vibrieren.

Der alte Priester spuckte in seine dünnen Hände und hob die Axt empor.

Da sprang der Liebende auf und rannte wie ein Hirsch durch die Menge an die Seite seiner Geliebten. »Nein, nein!« schrie er, und: »Halt, halt!« und rang mit dem Hohepriester, dem er wütend die monolithische Waffe zu entreißen versuchte. Das Volk von Woldercan brüllte zornig auf; ein Furor überfiel sie. Es schien, als würden sie als Mob den Altar stürmen.

Doch überaus leise, wenn auch mit einer schrecklichen ungeduldigen Plötzlichkeit, fiel Yottle von seiner elfenbeinernen Estrade nach vorn. Seine erhobene Hand zerschmetterte den Kopf des kämpfenden Liebhabers wie eine Nuß. Priester und Jungfrau konnten nicht entfliehen, und so wurden auch sie im Sturz des großen Bronzeleibes zerdrückt. Da lagen unter dem Altar drei Leichen und der große Gott Yottle.

Hoch vom freundlichen Himmel herab fielen Mannalaibe auf die hungrigen Woldercanesen. Und für die Ernte kam ein dünner, strähniger Regen und weinte im Wind, tröpfelnd und nieselnd.

Dann fielen die Zeltwände nach außen herab, und Doktor Laos großer Zirkus war vorbei. Und in den Staub und den Sonnenschein hinaus gingen die Menschen von Abalone, nach Hause oder wohin auch immer.

Der Katalog

(Eine Erklärung des ohnehin Offensichtlichen, die gelesen sein will, damit man sie schätzen lernt)

I. Die männlichen Personen

DOKTOR LAO: Ein Chinese.
MR. QWERTZ: Ein Verbesserer von Fehlern.
APOLLONIUS VON TYANA: Eine Legende.
EIN ÄLTERER HERR MIT GOLFHOSEN: Ein Langweiler.
EIN QUARANTÄNEINSPEKTOR: Ein loyales Parteimitglied.
EIN WEITERER QUARANTÄNEINSPEKTOR: Ein loyales Parteimitglied.
ISKANDER: Eine Legende.
ISKANDERS HAUPTMANN: Diogenes von Damos. Ein erfahrener Langbogenschütze; konnte auf neunzehn Schritt einen Obulus mit drei von siebzehn Schüssen treffen.
KUBLAI KHAN: Seinerzeit war er China.
LUTHER: Eine Stimme, kein Gesicht; ferner ein geplagter Homunkulus; ferner am Ende der Besitzer einer hübschen Statue.
EIN BAHNBEAMTER: Im Text beschrieben.
UNGAUBWA: Ein schwarzer Priester, sich von dem anderen schwarzen Priester Montanus sowohl durch seinen Glauben wie durch seine Virilität unterscheidend.
JOHN ROGERS: Lernte mit vierzehn, fünfzehn, sechzehn und siebzehn Jahren das Klempnerhandwerk. Verdiente allerdings nie atemberaubend viel Geld damit. Ein loyales Gewerkschaftsmitglied.
PAUL CONRAD GORDON: Sein Vater war ein großes Tier im Pfandbriefgeschäft in Detroit. Paul machte seine

Wang Gu, Wang Chow. Nicht einmal mehr Legenden.

LARRY KAMPER: Im Text beschrieben. Nachdem er nach Panama gegangen war, bekam er Schwierigkeiten und stand wegen Verletzung des Kriegsartikels Nummer sechsundneunzig vor einem außerordentlichen Kriegsgericht. Man schickte ihn neun Monate in den Bau, und während dieser Zeit dort entwickelte er eine erstaunliche Begabung dafür, alles auf Hochglanz zu polieren. Furchtbar netter Typ, wenn man nicht allzuviel von ihm erwartete. Guter Saufkumpan. Je härter der Witz war, den man ihm erzählte, desto lauter lachte er. Dem alten Larry war es scheißegal, ob morgen Schule war oder nicht, und das sagte er auch jedem.

HARRY MARTINEZ: Seine Vorväter kamen kurz nach Hernando Cortez ins Land, wo sich seine Vormütter – Mayas, Tolteken und Azteken – bereits befanden.

LARRY KAMPERS FFREUND: Walter R. Dones. Ein zwischenzeitlich arbeitsloser Lastwagenfahrer. Hatte Schwierigkeiten, seinen Wagen immer exakt an die Rampe zu fahren, war aber in der Lage, ihn am Laufen zu halten, was mehr war, als die meisten anderen brachten.

DIE POLIZEI VON ABALONE: Ehemalige Cowboys, ehemalige Eisenbahnangestellte, ehemalige Alkoholschmuggler, ehemalige Kolonnenführer, ehemalige Farmer. Und wirklich gute Polizisten. Natürlich gaben sie sich gegenseitig eins über den Schädel, wenn die politischen Spielchen gespielt wurden, aber verdammt noch mal, heutzutage da muß einer nach sich selbst schauen – das besorgt bestimmt kein anderer für ihn, worauf du Gift nehmen kannst.

ANZEIGENREDAKTEUR DER *TRIBUNE*: Alle mochten ihn gut leiden, und wer mit ihm als Vorgesetzten arbei-

Prüfung als Maschinenbauingenieur, aber dann nahm er einen Job als Aluminiumvertreter an, das wurde besser bezahlt.

SLICK BROMIEZCHSKI: Sein alter Herr war ein polnischer Einwanderer, aber in der High School war Slick ein derart spektakulärer Footballspieler, daß einer der Musentempel ihm ein lukratives Angebot zur Fortsetzung seiner kulturellen Erziehung machte. Als möglicher Nationalverteidiger in ein paar der weniger bedeutenden Sportzeitschriften während seines ersten Semesters erwähnt.

CLOWNS: Possenreißer, deren Herz zerbricht.

MENGE DER MEXIKANER, DURCH DIE SICH LARRY KAMPER DRÄNGTE: Peons, Bauern, *hacendados*, *padrones*, Boxer, Stierkämpfer, Arbeiter.

BILL: William R. Johnston. Hatte in der Nacht vor der Zirkusparade einiges getrunken und fühlte sich an diesem Morgen nicht besonders. Guter Golfspieler.

BILLS FREUND: Murray R. Kaldwell. Textilien von der Stange. Ein Mann, der verläßliche Ware verkaufte und ein guter Schaufensterdekorateur. Konnte die Art Anzeigen, die Steele ihm in die *Tribune* setzte, überhaupt nicht leiden.

TEDDY ROOSEVELT: Ein amerikanischer Präsident.

EIN RUSSE.

HARVEY: Harvey R. Todd. Als Frank Tull ihm und Helen erzählte, was er im Zirkus gesehen hatte, bedauerten Harvey und Helen es stets, nicht hingegangen zu sein.

EIN FAUN: Vgl. Praxiteles.

JOE: Eine Stimme, kein Gesicht. Tenor, aber etwas kratzig.

FRANK TULL: Im Text beschrieben. Guter Stratege vor einer Jury.

GERINGERE CHINESISCHE FÜRSTEN: Wang Wei, Wang Fu,

ten mußte, sagte, einen besseren Boss habe er nie gehabt.

STEELE: Gerade blöd genug, daß die meisten Geschäftsinhaber ihm zuhörten, wenn er ihnen ein Stückchen Anzeigenraum verkaufen wollte.

LOKALREDAKTEUR DER *TRIBUNE*: Ein fähiger Mann. Hätte eigentlich bei einer besseren Zeitung arbeiten sollen, aber seine Gesundheit zwang ihn, in Abalone zu bleiben.

CHINESISCHE TRUPPEN IN TONGSHAN: Teile von Chang Tsolins mandschurischer Armee. Kulis, die man in Vogelscheuchenuniformen gesteckt hatte, denen man Gewehre in die Hand gedrückt hatte, welche sie nicht zu bedienen wußten, und die man Soldaten nannte. Kein Sold. Rationen: zwei Mehlklöße mit ein wenig Gemüse pro Tag. Keiner bedauerte es, daß er nur ein Leben für das Vaterland zu geben hatte.

PANCHO VILLA: Eine Legende.

DER TOTE, DEN APOLLONIUS WIEDER AUFERWECKTE: Arnold R. Todhunter. Ein Siedler. Als ihn später ein Reporter von der *Tribune* über seine Stunden in den Armen des Todes interviewte, bekundete er, daß man ihm gerade eine Harfe und eine weiße Robe aushändigen wollte, als Apollonius seinen Leib zurückforderte. Er sagte, mehr als an irgend etwas anderes habe ihn der Himmel an eine Anzeige über den Süden Kaliforniens erinnert, die er einmal gesehen habe.

EIN ZUM TODE VERURTEILTER CHINESISCHER DESERTEUR: Lin Tin Ho. Dreißig Jahre alt, hinterließ eine Frau und zwei Töchter. Ein Bauer aus Shanhaikwan. Am 11. Mai zum Militärdienst gepreßt. Am 18. Mai nach Tongshan verfrachtet. Am 19. Mai desertiert. Am 20. Mai gefangen. Am 21. Mai verhört und verurteilt. Am 22. Mai hingerichtet. Bilder von seiner Hinrichtung können heute noch in Tientsin und Peking erworben werden. Viele Touristen und Missionare besitzen welche. Man macht's folgendermaßen: Man kauft einen von den Schnappschüssen, die zeigen, wie Lin mit einer Pistole niedergestreckt wird, nimmt die Fotos mit nach Hause, achtlos mit Bildern von Tempeln und Kanälen vermischt, und wenn dann die Freunde das chinesische Fotoalbum durchblättern und auf das Bild stoßen, nun, dann sagt man obenhin, das sei eine Kleinigkeit, die man selbst aufgenommen habe. Niemand kann es kontrollieren, es sei denn, jemand hat's schon mal gesehen.

ROTE, SCHWARZE UND WEISSE BEWOHNER VON ABALONE: Amerikanische Indianer wie Papagos, Pimas, Apachen, Yaquis und Yumas. Afroamerikaner wie Mulatten, Quadronen, *High Yallers* und Oktoronen. Weiße wie Hispanoamerikaner, Texaner, Leute von der Ostküste, Kalifornier, Besitzer von Ferienranchs und Touristen, die etwas für ihre Gesundheit taten.

VERSCHWOMMENE GESTALTEN, DIE EINES TAGES MRS. CASSAN BEERDIGEN WERDEN: Ein Pfarrer, ein Leichenbestatter, ein paar Trauergäste und einige sensationslüsterne Neugierige.

VERSCHWOMMENE GESTALTEN, DIE EINES TAGES FRANK TULL EXHUMIEREN WERDEN: Ein Bauführer, ein Vorarbeiter und sieben Arbeiter. Sie taten es nicht absichtlich. Sie fingen an, die Fundamente eines neuen Tuberkulosesanatoriums auszuheben, und sie wußten nicht, daß sie dabei in einen alten Friedhof hineinstocherten.

DR. THOMAS BROWNE: Er fand ein paar alte Töpfe in einem Feld zwischen Buxton und Brampton (das aber zu Brampton gehörte); Begräbnisurnen waren das.

PHINEAS TAYLOR BARNUM: Vgl. seine Autobiographie.

GAUTAMA: Wo immer er saß, wuchs schließlich ein Bo-Baum.

WIEDERAUFERSTANDENE GIGANTEN: Gewöhnlich Enttäuschungen, denn ihre Legenden ragen höher, als sie sich strecken können.

DUNKLE MÄNNER IM LEBEN VON MRS. CASSAN: Spaghettis, Kanaken, Kameltreiber und Ausländer.

SWAMI IM TURBAN: Yogi. Mahatma. Krishna.

SKRUPELLOSE BANKIERS UND POLITIKER: Börseaner. Spekulanten.

HERMES: Eine Legende.

ANGESTELLTER AUF DEM RATHAUS: Eine Stimme im Telefon.

MÄNNER, DIE MIT IHREN HERDEN AUF DEN BERGEN BLIEBEN: Das war noch in den Zeiten, bevor die Vieh- und Schafzüchter des Westens ihre großen Weidekriege ausfochten. Aber jedenfalls sind diese Männer im wesentlichen für die reichlich überlieferten Geschichten über Schäfer und Schafe, die es auf der ganzen Welt gibt, verantwortlich. Wo Rauch ist, ist auch Feuer. Das dritte Buch Mosis enthält eine Vielzahl präziser Warnungen, vom Herrn persönlich Moses übermittelt, vor den Strafen, die demjenigen drohen, der sich zu intensiv um seine Herde kümmert.

KOLLEGE DES BAHNBEAMTEN: Howard R. Ginter. Sah aus wie ein Boxer, war aber tatsächlich nur ein Buchhalter. Braute daheim ein vorzügliches Bier.

CHALDÄISCHE STERNDEUTER: Astrologen, Himmelsspäher.

GEOLOGE VON DER UNIVERSITÄT: Verstand etwas von Verwerfungen und Erosion und konnte an einem einzigen Kieferknochen ablesen, wie der Hinterfuß und das Becken des Tieres ausgesehen hatten.

DERB AUSSEHENDE MÄNNER, DIE KATE AUF DEN LAST-

WAGEN LUDEN: Leslie R. Stevens, George R. Smith, Peter R. Summerton und Claude R. Watson. Sie kamen nie richtig dahinter, was zum Teufel Kate eigentlich war, beklagten sich aber bei Luther, daß das Ding verdammt schwer sei.

VERGESSENER ÄGYPTISCHER EXPERTE: Ursprünglich ein Einbalsamierer von Prinzen, Hakims, Paschas und Effendis, dehnte er seine Kunstfertigkeit auf die Präservation toter Tiere aus. Wußte lange vor Harvey über den Blutkreislauf Bescheid.

TIBETANISCHER MÖNCH: Lebte in einer Jurte, trank dickgebutterten Tee, fragte sich häufig nach dem Sinn des Lebens, legte ein Keuschheitsgelübde ab, das er in Alexandria brach, entdeckte – ohne zu wissen, was er entdeckt hatte – *ovis poli* und den Brillenbären, kannte einige gute Geschichten und starb, ohne je wirklich zufrieden gewesen zu sein.

EINFACHES VOLK, DAS AM UFER EINES SEES DEN JUNGEN SATYR SAH: Griechische Bauern.

VATER DES KLEINEN DICKEN BRAUNEN JUNGEN: Ein Fischharpunierer und guter Gärtner. Als er Reissamen säte, wuchs Reis, als er Pisangsamen säte, wuchs Pisang, als er seinen Samen säte, wuchs der kleine dicke braune Junge.

BESITZER DES DUROC-JERSEY-SCHWEINS: James R. Sawyer, ein Kleinbauer in Missouri. Hätten seine Augen nicht Dinge gesehen, hätte sein Bauch nicht Dinge begehrt – das Geld, das er hätte sparen können, hätte einen bedeutenden Haufen ergeben.

DER CHINESISCHE REISENDE AUS DER NÖRDLICHEN HAUPTSTADT: Liu Beao. Ein Gelehrter, heimlich jedoch ein Anhänger Buddhas und Konfuzius'.

DIE, DIE PANCHO VILLA AN DIE WAND GESTELLT HAT: Zwei davon sind besonders erwähnenswert. Einer war selbst ein notorischer Killer gewesen, und als er nun dastand, vor Villas Gewehren, und zum letzten Mal Sonne und Himmel ansah, brach er zusammen und weinte, wie nie ein Kind je geweint hat. Der andere war ein Pechvogel, der nie jemand getötet oder auch nur verletzt hatte, aber er gehörte zur falschen Seite. Er stand ruhig vor den Gewehrläufen und winkte seinen Freunden ein Lebewohl zu.

DIE, DIE NICHT LACHTEN, ALS PANCHO VILLA EIN PAAR AN DIE WAND GESTELLT HAT: Harry Martinez, Felix Bustamante, Carlos Villalobos, Carlos Delgado, Michael Pierpont, Pierre Maeyer, Pancho Villa, die sieben Soldaten des Exekutionskommandos und die paar, die erschossen wurden.

DER DOZENT VON DER BELVEDEREKLINIK: Er lehrte seine Studenten, daß es besser sei, zu leben, als einen Lebensunterhalt zu verdienen.

DER HOHEPRIESTER YOTTLES: Mit siebenundvierzig Jahren zum Glauben bekehrt. Mit siebenundfünfzig zum Priester geweiht. Begab sich auf eine Erweckungsreise, die sieben Jahre dauerte. Rettete und taufte die Heiden, daß es eine Art hatte. Trat mit siebenundneunzig Jahren die hohepriesterliche Nachfolge an. Starb in unerschüttertem Glauben.

DER MANN, DER DEN HOHEPRIESTER UNTERBRACH: Ein unfeiner, streitsüchtiger, vulgärer, verschlagener Bursche.

EIN REALIST IN WOLDERCAN: Er dachte immer nur an so was.

II. Die weiblichen Personen

KATE: Eine traurige Erinnerung.

DIE FRAU DES BAHNBEAMTEN: Martha. Ruhig, traurig, unsicher. Manchmal lachte sie, im Lachen wunderte sie sich, in ihrer Verwunderung war es ihr, als müßte sie weinen.

MISS AGNES BIRDSONG: Die Jungs sagten alle, daß man sich verdammt nett mit ihr unterhielt, nachdem sie gelernt hatte, zu rauchen und zu trinken. Doktor Laos Zirkus erweiterte ihren Horizont und gab ihr etwas, worüber sie nachdenken konnte, wenn sie sich nachts auf ihrem Bett herumwarf und tagsüber gelangweilt zuhörte, wie ihre Schüler die Syntax quälten.

MRS. HOWARD T. CASSAN: Im Text beschrieben.

DIE FRAU VON ROGERS, DEM KLEMPNER: Sarah. Liebte ihre Kinder, mochte ihren Mann, war zufrieden in Abalone, kochte gute Sachen zu essen, hielt das Haus in Ordnung, träumte nicht von Wundern, wünschte sich keine Siege, sorgte sich, wenn es an der Zeit war, lachte, wenn es an der Zeit war.

ZWEI SCHÄFERINNEN: Dora Beaulais und Dulce Bonaventura.

EIN NYMPHENCHOR: Dorothy, Louise, Hilda, Elise, Laura, Opal, Eva, Dorothy, Isabel, Helen und Hildegarde, Dorothy, Dorothy und Dorothy.

FÜNF SCHWARZE MÄDCHEN: Quintett farbiger Jungfrauen. Farbiges Quintett junger Frauen. Jungfräuliches Farbquintett.

MRS. FRANK TULL: Vor ihrer Heirat Valerie Jones. Frank war für sie eine Enttäuschung. Sie war eine Enttäuschung für Frank. Es gab noch andere Enttäuschungen in ihrem Leben. Beispielsweise hatte die Natur sie nicht mit all dem Liebreiz ausgestattet, auf den sie Anspruch zu haben glaubte; also bedeckte sie sich – um dem wenigen, was sie besaß, aufzuhelfen – mit Objekten, die in sich schön und lieblich waren, und wollte durch deren Schönheit ihren eigenen Mangel stillen. Von kleinen Löchern in ihren Ohren ließ sie

Gehänge aus Gold und Juwelen baumeln. In die Poren ihrer Wangen rieb sie Salben und Öle von einschmeichelnden Farben. Über ihre Beine zog sie Strümpfe aus reiner Seide. Um ihre Handgelenke schlangen sich Silber und helle Steine. Über ihre Finger schob sie kleine karbonbesetzte Metallreifen. Auf ihre Lippen tupfte sie Rouge. Ihren Leib stützte sie mit einem Hüftgürtel. Ihre Brüste trug sie in kecken Körbchen. Über die Füße schnürte sie enge kleine Schühchen. Um die Schultern warf sie Tierhäute. Das Haar war auf Dauer gewellt. Puder tat sie auf Nacken und Hals, und unter die Arme – wo sie sich vorher glattrasiert hatte – sprühte sie ein Deodorant. So vermochte sie ihre Farbe, ihre Figur und ihren Geruch zu verändern und gleichzeitig mit leuchtendem Metall, schimmerndem Pelzwerk, matter Seide und sprühenden Steinen zu glänzen. Und doch, beim Himmel!, erlangte sie nicht einmal so die Schönheit, die sie so sehr ersehnte, und wegen dieses unerreichten Ziels wurde sie gelegentlich krank, und nichts konnte die Krankheit heilen, außer daß Frank ihr noch mehr helle Steine kaufte.

HELEN: Frau von Harvey. Befallen vom Laster des Lügens.

REPORTERIN VON DER *TRIBUNE*: Ardath Williams. Eine bessere Journalistin als die Männer, mit denen sie in Konkurrenz stand. Ferner: eine Mutter. Ferner: eine Tochter.

EIN KÜCHENMÄDCHEN: Sie hatte Zeit/Sie hatte Lust/Sie war für Geld zu ha-a-ben.

DIE WERWÖLFIN: Maggy Szdolny. Ein Fluch lag auf ihr.

WEIBLICHE STIMME, JOE INFORMATIONEN ÜBER DEN BÄREN MITTEILEND: Maxine McCourtney gehörend; kehliger Alt, mit einer Spur Polypen und Bier.

DIE HEXEN: Hekate, Belre, Demisara, Pamphile, Haut

Roman, Lilith, Alicia, Robinette, Vignoche de la Stewart, Salome von Bessarabien und Perpetua von Galt. Die Hexe Drusye aus den Karpathen, die fünf Schwestern von Nagasaki, die Sybille von Panzoust, die Klawtawnamam-Hexe von der Fettissinsel, Schwester Antonius St. Villanova, Atropis, Mary Cornwall, die beiden Hexen vom Skaldaeniry-Wald, Mugissowri, Kate de Brille, Tlectholeme, Proserpina van Antwerp, Dutch Annie und Helena Panacea.

DIE SIRENEN: Große Mädchen mit hellen Haaren, blassen Beinen und großen reifen Brüsten. Ihre Stimmen gaben einen harmonischen Chor ab.

ZIGEUNERIN (IN GEBROCHENEN SÄTZEN PARLIEREND): Cecily de Brault.

FETTE BLONDINE: Madame Stradella.

EIN MÄDCHEN VOM LAND: Vierundzwanzig. Lebte draußen auf einer Hühnerfarm. Stand morgens um die Zeit auf, wo die meisten Tanzveranstaltungen zu Ende gehen. Melkte drei Kühe, während Frank Tull sich rasierte. Hatte einen Bruder und drei jüngere Schwestern. Ging gern ins Kino, wenn es einen Western gab. Fuhr Auto (nicht besonders gekonnt). Gab ihr Bestes mit einem Geschirrtuch. Sagenhaft freundlich. Wenn man eine Weile mit ihr geredet hatte, dachte man immer, wie jammerschade es war, daß sie nicht ein klein wenig besser aussah. Sie machte den Eindruck, daß man ihr alles mögliche vorschlagen könnte und sie ohne weiteres bereit dazu wäre. Aber sie sah wirklich nicht besonders gut aus, und man wußte ja nie, ob sie nachher nicht Hinz und Kunz davon erzählen würde. Trotz dieser beiden Erwägungen ging einer von den Jungs mehrere Male ziemlich weit mit ihr, um dann doch im entscheidenden Augenblick zu kneifen.

ÄLTERE DAME: Eine Großmutter. Später eine Urgroßmutter. Wie ein Baum, der zusieht, wie um ihn herum lauter kleine Bäume heranwachsen: stolz, aber machtlos, ihnen zu helfen, wenn sie krumm wachsen.

LORELEI: Ihre Hände und Füße undsoweiter waren schwielig vom langen Herumsitzen auf dem Felsen während des Wartens auf vorbeisteuernde Rheinschiffer. Ein Sopran.

CIRCE: Sie verwandelte Männer in Schweine.

CHINESISCHE MÄDCHEN MIT GEBUNDENEN FÜSSEN: Zweifellos verbesserte es ihren Gang, das heißt, die Ästhetik ihres Ganges, der zu einem gestelzten Trippeln wurde. Dieses war nicht für lange Entfernungen, nicht für die Nützlichkeit gedacht, sondern diente allein dazu, die Augen ihrer Herren zu erfreuen. Diese Deformation wurde schließlich vom feinen Geschmack verworfen, als die Töchter der Armen sie übernahmen, die arbeiten und nicht bezaubern sollten.

FRANK TULLS SEKRETÄRIN: Absolventin einer Handelsschule (gebärfreundlicher Typus).

MÄDCHEN, EINST EINE ZIEGE: Immer wieder werden diese Verwandlungen im Alten Testament gerügt. Heute leben wir einfacher; lieben weniger glühend.

EINGEBORENENFRAU, WELCHE DIE SEESCHLANGE VERSPEISTE: Ein polynesisches Mädchen. Sie aß Fisch und Obst und Gemüse. Als die Seeschlange sie aß, gefiel ihr das noch weniger, als es den Fischen gefiel, wenn sie diese aß.

EIN BLONDES NORDISCHES MÄDCHEN: Elisabeth Poudre.

EIN MÄDCHEN IN APOLLONIUS' LEBEN: Eine Erinnerung.

DIE BRAUT YOTTLES: Informationen über ihre Maße fehlen. Doch nach ihrer Vermählung, nachdem sie von ihnen gegangen war, nachdem ihre Ehe im Himmel geschlossen worden war, dachten die Männer von

Woldercan noch immer an sie und erinnerten sich ihrer Schönheit. Und wenn sie eine Frau nahmen und sie küßten, taten sie bei sich so, als wäre es Yottles Braut, die sie küßten, statt ihrer eigenen.

DIE JUNGFRAUEN VON WOLDERCAN: Ein Dutzend grüne Mädchen von unerkanntem Geschmack.

III. Die Kinder

SÖHNE DES BAHNBEAMTEN: a) Ed junior. Bloße Füße, rote Wangen, abgesehen davon, daß seine Wangen blaß waren und seine Mutter ihn nie barfuß gehen ließ. b) Klein-Howard. Papa versohlte ihn häufiger als Ed junior.

DIE KINDER DER FAMILIE ROGERS: a) Alice. Sie war in der Schule immer die Beste ihrer Klasse, heiratete aber so jung, daß nie etwas aus ihr wurde. b) Willie. Hatte schließlich als Erwachsener eine Tankstelle. c) Klein-Edna. Starb zwei Monate nach dem Zirkusbesuch bei einem Autounfall. Sie war das hübscheste Kind der Familie.

DER KLEINE DICKE BRAUNE JUNGE: Sieben Jahre lang ein genußvoller Esser, dann einige Minuten lang ein genußreiches Essen. Am Ende ging er in der Zellstruktur der Seeschlange auf, ein außergewöhnliches und bemerkenswertes Schicksal, auf das er jedoch gerne verzichtet hätte.

ENKEL DER ÄLTEREN DAME: Peter R. Roberts. Promovierte später an der Harvard-Universität. Unterrichtete Geschichte an einer Akademie in den Südstaaten. Heiratete Miss Calanthe Devereau. Wurde mit vierzig Dekan seiner Fakultät. Nie vergaß er Doktor Laos großen Zirkus.

KLEINER JUNGE, DEN DIE BULLEN AUS DEM ZIRKUS

SCHEUCHTEN: Gonzalo Pedregon. Mit neunzehn gründete er das später berühmte College-Tanzorchester *Chalo's Chili Pickers*, das mit Radioprogrammen und Filmverträgen eine hübsche Stange Geld für seinen Leiter einspielte.

KLEINER JUNGE, DEN DIE KUGEL DER MAUSERPISTOLE TÖTETE: Ein Junge aus Tongshan namens Da Go. Er hätte ebenso herzlich wie die Umstehenden gelacht, wäre er nicht der gewesen, über den die anderen lachten.

LILIPUTANER: Keine Kinder.

IV. Die Tiere

EISBÄR: Weiß wie die Eisschollen, auf denen er umherwandert. Mutter Natur! Schneefelder hat sie für Eisbären geschaffen, Tannenwälder für schwarze Bären, Berge für die Grizzlybären und Spielzeugläden für die Teddybären.

AFFEN: Die kleinen braunen Brüder. Aus ihren Käfigen starren sie uns an, wie wir sie anstarren. Dann beugen sie sich nieder und riechen aufmerksam an ihrem eigenen Kot.

HYÄNE: Afrika hallt wider von ihrem Gelächter.

SONORA-GRIZZLY: Der mexikanische Vetter der großen Familie *ursus horribilis.*

HERMAPHRODITISCHE ZIEGEN: Eine Parallele zur Biologie des Angelwurms. Nanny und Billy vereint.

PONYHENGSTE: Im Mittleren Westen zeigte man mal eine solche Show. Der Rahmen brach, der Ponyhengst stürzte ab und erschlug die Frau. Es gab einen entsetzlichen Aufruhr. Die Stadtväter traten zusammen und berieten. Schließlich beschlossen sie, daß man die Rahmen in Zukunft wesentlich stärker konstruieren müßte, sonst müßte man diese Art Show ganz ausfallen lassen.

PFERDE: Anachronismen – weniger schnell, weniger schön, weniger effizient als die Maschinen, die sie ersetzt haben.

GOLDENER ESEL: Wölfe verwandeln sich in Frauen, Schlamm verwandelt sich in Schildkröten, braune Jungen verwandeln sich in Schlangen, Fische verwandeln sich in Polynesierinnen, Ziegen in Mädchen, Männer in Schweine. Und Lucius Apuleius wurde mit Fotis' Hilfe in einen Esel verwandelt.

HECKENHUND: Ein Traum.

BURRO: Nicht das Tier eines Weißen.

GILAECHSEN: Rosa und schwarz, unbeholfen und giftig, eierlegend, eierfressend.

DAS APOKALYPTISCHE TIER: Eine Legende.

IGUANAS: Die Samenkörner, denen die Drachensagen entsprossen.

JUNGFÜCHSE: Pelzig, scheu, entzückend.

DACHSE: Gräber von Löchern.

NAUTILUS: Wassertiere, die über Kammern verfügen. Sprachlos, blicklos, gedankenlos. Sie segeln durch die Wellen, essen, vermehren sich, sterben.

TINTENFISCH: Vgl. Oktopiden.

OBELIA: Stechende Quallen. Durchsichtige Schirme.

HAMMERHAI: Manche seiner Verwandten wissen den Menschen zu schätzen.

ENORME SCHILDKRÖTEN: Die Schildkröten der Galapagos- und Aldabra-Inseln.

DIE GELIEBTE DER SEESCHLANGE: Sie konnte sich schon denken, was er wollte, als sie ihn durch die Wogen daherschwimmen sah.

SKORPIONE: Sehr alte Insekten, jede Nacht am Himmel verherrlicht.

KREBSE: Krustentiere – manchmal fängt man sie, wenn man nach Katzenfischen angelt. Sie hängen dir am Haken und schwenken ihre Scheren und Fühler zu dir hin, und du staunst, was für Phantasmen in schlammigen Wassern wohnen.

LÄMMCHEN: Nahrung und Kleidung für den Herrn, den Menschen.

KAKERLAKE: La Cucaracha, der Küchenbewohner. Anständig braun- oder schwarzgekleidet, diskret und bescheiden, lebt der Kakerlake in Hütten ebenso bereitwillig wie im Grandhotel. Er ist schon sehr lange bei uns. Durch die Abfallhaufen des Neanderthalers ist er ebenso gekrochen, wie er jetzt durch die Abfallhaufen von Paris kriecht. Er ist tüchtig, und er überlebt. Er hat den Dinosaurier und den Pterodaktylus untergehen sehen, und hat gesehen, wie Babylon blühte.

SPHINX: Das Emblem Afrikas.

ILTIS: Ein Gestank.

LÖWE: Ein Symbol.

NILPFERD: Gott muß häßliche Tiere geliebt haben, er hat so viele erschaffen.

CHIMÄRE: Bei Rabelais, Flaubert und Finney beschrieben.

TIGER: Farblich etwa so angelegt wie die Gilaechse Arizonas. Lebenszyklus etwas abweichend.

WERWOLF: Nicht der amerikanische *lobo*. Wahrscheinlich eine Spezies aus den Karpathen oder dem Ural.

NERZE: Wilde und schöne Jäger, die sich bei nachlassender Wachsamkeit in Mäntel und Krägen verwandelt sehen.

KATZEN: Sie leben wild im Herzen der Städte, sind aber zahm und ängstlich in den Wäldern. Sie gehören nirgendwo mehr hin.

KLAPPERSCHLANGEN: Beim ersten Anblick getötet, immer gejagt und zertreten, werden sie wahrscheinlich nicht mehr lange durchhalten. Wahrscheinlich wünschen sie sich ebenso wie die Azteken, daß Kolumbus' Schiffe mitten im Atlantik gesunken wären.

TANTILLAS: Sonora-Tantillas. Sie haben schmale Augen, aber relativ große Rostren. Auf ihren Köpfen tragen sie ein Paar Internasalknochen, ein Paar Präfrontalknochen, einen Frontalknochen, einen Supraokularknochen auf jeder Seite und ein Paar Parietalknochen. Ferner ist der hintere Nasalknochen in Kontakt mit dem Präokularknochen, und man sagt, die vorderen Genialknochen seien länger als die hinteren.

GEFLECKTE NACHTSCHLANGEN: *Hypsiglena ochrorhynchus ochrorhynchus*. Eine sehr kleine Schlange. Eine sehr hübsche Schlange. Eine sehr verstohlene Schlange. Mutter Natur hat ihr als Nahrung sehr kleine, hübsche und verstohlene Eidechsen gegeben. Und so jagen im Gras der bewässerten Felder die verstohlenen hübschen kleinen Schlangen die verstohlenen hübschen kleinen Eidechsen, fangen und fressen sie. Und die Eidechsen, die nicht gefangen werden, vermehren sich, damit die nächste Generation von *Hypsiglena* genug zu essen hat. Wiederum fressen die kleinen Eidechsen kleine Insekten, welche wiederum noch kleinere Insekten fressen, die ihrerseits sich von jener Vegetation ernähren, welche aus dem Zerfall tierischen Fleisches erblüht, und rundherum im Kreise geht der Tanz des Fressens, bis jedes kleine Lebewesen nicht mehr weiß, ob es geschaffen ist als Fresser oder zum Fraß.

BLASS-SCHLANGEN: Auch sie Eidechsenfresser, und gegenseitig fressen sie sich auch.

SEESCHLANGE: Niemand hat je ihre Wirbelknochen gezählt noch die Parietalknochen berechnet oder die Supraokularknochen beschrieben, obwohl viele das gerne täten und sie in Spiritus setzen und ins Museum stellen wollen, damit das Volk was zu gaffen hat.

FREGATTVÖGEL: Sie streifen über den ganzen weiten Ozean und rühren kaum je einmal die Schwingen, und ein kleiner Kanarienvogel schlägt tausendmal mit seinen Flügeln, um sich ins Geäst eines Baumes zu erheben.

SEEJUNGFRAU: Im Text beschrieben.

RUKH: Tatsächlich nicht so groß wie Sindbad meinte, aber wahrhaftig groß genug, all das zu tun, was er erzählte.

EINHORN: Dekorationsmotiv auf einem Senftopf.

MEDUSA: Selbst so frigid wie die Steinfiguren, in welche sie die Männer verwandelte.

WALROSS: Eskimonahrung.

KAMELE: Die Töchter der Wüste werfen ihnen Sand in die Augen; es erfolgt eine seltsame Reaktion, und die Töchter lachen.

BOA: Eine kleine Schlange, die Druck ausübt.

ANAKONDA: Eine große Schlange, die Druck ausübt.

GRASSCHLANGE: Diejenige, welche den Heckenhund schmückte, gehörte zur Unterordnung *Coronella.*

MÜCKEN: Mutter Naturs kleinste Flugmaschinen.

RATTEN: Sie streiten sich mit den Kakerlaken um die Krümel unter dem Tisch. Und einmal kam der Ruhm zu ihnen: Sie fraßen einen Bischof auf.

HEUSCHRECKEN: Überreste einer ägyptischen Plage.

FLEDERMÄUSE: Unübertroffenes Niederwild. Man kann sie nur in der Abenddämmerung jagen, wenn das Licht schwach und ungewiß ist. Es braucht einen guten Schützen, um eine zu treffen.

SCHILDKRÖTEN: Bestimmte Arten mögen es besonders, im Schlamm vergraben dazuliegen, daß nur die Nasenlöcher sichtbar sind. So hat die Natur großzügig dafür gesorgt, daß überall da, wo diese Schildkrötenart sich aufhält, Schlammtümpel vorhanden sind – und da liegen sie dann, vergraben, daß nur die Nasenlöcher sichtbar sind. Die Natur sorgt stets für gemütliche Lebensumstände ihrer Kinder.

SCHILDKRÖTE (MIT ZWEI KÖPFEN): Sie starb bald. Sie konnte es sich nicht abgewöhnen, sich zur Fütterungszeit mit sich selbst zu streiten – jeder Kopf wollte alles essen. Einmal setzte Apollonius, um die Reaktionen der Schildkröte zu untersuchen, zwei kleine Schildkrötendamen jeweils ein paar Zoll von den Köpfen entfernt auf den Boden. Daraufhin zerriß sich das Ding beinahe.

GRILLEN: Abessinische Grashüpfer.

SALAMANDER: Die kleinen Wassereidechsen, nicht die Elementargeister, obwohl auch diese interessant sind. Junge Salamander sind klebrigweiß, und von ihren Köpfen hängen rechts und links entsetzlich aussehende Kiemen. Erwachsene Salamander sehen schlammig aus, und werden von Studenten in Anatomiekursen zerlegt (vor allem an gemischten Colleges), zu einem nie genau erklärten Zweck. Man kann jedoch mit Sicherheit sagen, daß der Lebenszweck des Salamanders einzig und allein darin zu sehen ist, von Studenten an Colleges zu einem nie genau erklärten Zweck zerlegt zu werden. Obwohl man auch argumentieren kann, daß der Lebenszweck von Studenten einzig und allein darin zu sehen ist, daß sie am College in Anatomiekursen zu einem nie genau erklärten Zweck Salamander zerlegen.

FRÖSCHE: Die Spielleute.

KRÖTEN: Auch Spielleute, so gut sie's vermögen, doch nicht solche Virtuosen wie ihre eher eßbaren Verwandten.

Elritzen: Kleine Fische, von denen sich Tanten und Onkel ernähren.

Parasitenkolonien: Niedere Lebensform. Wimpernförmig, amorph, mit kontraktilen Vakuolen versehen.

Zecken: Paradoxe Wesen – wenn sie kein Blut saugen, sind sie blutrot. Wenn sie Blut saugen, sind sie grau wie Seife.

Poland-China-Ferkel: Menschennahrung.

Duroc-Jersey-Schwein: Menschennahrung.

Gadarenisches Schwein: Predigtfutter.

Igel: Stille kleine Nadelkissen, die den Regen verabscheuen und von den Revolutionen unter den Menschen, deren Landschaft sie schmücken, unbeeindruckt bleiben.

Elefanten: Enkel des Mastodons.

Sidewinders: Sie kriechen seitlich, so wie ein Wurm geradeaus kriecht, wenn auch nicht ganz genauso. Auf ihrem Kopf tragen sie das alte Emblem des betrogenen Gatten. An ihren Schwänzen hängt ein Spielzeug. Sie sind gelb wie der Sand, den sie durchstreifen, und von ihren Zähnen träuft ein giftiger Sirup.

Gänse: Sie schmeicheln dem menschlichen Gaumen und dürfen deshalb überleben.

Jerseyrinder: Sie überleben aus demselben Grund wie Gänse.

Schnecken: Bauen sich ihre eigene Straße aus Schleim und genießen das Gefühl einer Reise, ohne vom Fleck zu kommen.

Vögel, die unter der schrecklichen Hitze litten: Sechs Sperlinge. Eine Drossel.

Zieselmäuse: Vgl. Murmeltiere.

Angelwürmer: Gelegentlich zerlegen die Studenten neben den Salamandern auch Würmer. Die in den Zoologiekursen verwendeten Würmer sind große dicke Exemplare. Sie haben etwas Rührendes: Um eine solche Größe zu erreichen, muß ein Wurm für die Sektion gezüchtet werden. Die wilden Würmer finden nie genug zu essen, um so groß zu werden.

SURINAMKRÖTE: Eine schlankfingrige, schlanknasige giftige Kröte, die gern unter Wasser herumlungert. Sie ist giftig in dem Sinn, in dem ein Fliegenpilz giftig ist: Man muß in die Kröte hineinbeißen, um sich zu vergiften. Wohl der absolute Tiefpunkt aller Vergiftungsstrategien. Eine schwangere Surinamkröte in Gefangenschaft ist faszinierender zu beobachten als ein Kaiserschnitt. Die Kinder platzen aus Mamas Rücken hervor und gehen sofort ihren Verrichtungen nach.

V. Die Götter und Göttinnen

YOTTLE: Ein allmächtiger, allwissender, allgegenwärtiger Klumpen Bronze.

LARES DOMESTICI: Die Haushaltsgötter.

PAN: Von seiner Physis her der bedeutendste der Götter. In seinem Gefolge waren Lemuren, Aegipanes, Bassarides, Bacchen, Evantes, Mänaden, Faune, Sylvanes. Sie beteten ihn alle an.

JESUS VON NAZARETH: Geboren von der Jungfrau Maria, litt unter Pontius Pilatus, gekreuzigt, gestorben und begraben, am dritten Tag wieder auferstanden von den Toten, sitzt nun zur Rechten Gottvaters des Allmächtigen, Schöpfers Himmels und der Erden.

BEL-MARDUK: Der, zu dem die Babylonier beteten.

BALDER: Der Adonis des Nordens.

ADONIS: Der Balder des Südens.

APHRODITE: Die schöne, schöne Göttin.

MUMBO JUMBO: Der Beherrscher des Kongo.

SATAN MEKRATRIG: Unser alter Widersacher.

VI. Die Städte

TU-JENG: Ganz aus Backstein. Überall um die Stadt stehen rotgemauerte Ziegelöfen und atmen rötlichen Rauch in die tote Luft. Und die Straße, die an Tu-jeng vorbeiführt, ist rot, denn sie ist aus Splittern und Brokken von Ziegeln. Und das Wasser im Kanal bei Tu-jeng ist rot und fließt zwischen roten Lehmufern dahin. Aber alles ist ein totes Rot, nicht das kühle Rot des Weins, nicht das heiße Rot des Bluts, noch das Blutrot des Hasses.

ABALONE: Eine Wüstenstadt, gegründet von den Konquistadoren.

ALEXANDRIA: Verherrlicht immer noch den Namen seines Schöpfers.

TONGSHAN: Eine chinesische Bergwerkstadt mit einem Bahnhof und einer Kaserne.

TIENTSIN: Eine der ungeheurlichsten Städte der Welt. Szene vieler Kriege. Aber stets, wenn seine Gebäude zusammengeschossen werden, baut Tientsin größere und schönere an ihre Stelle.

BEESWAX: Eine Bergwerkstadt in Arizona.

SEDALIA: Eisenbahnknotenpunkt im Herzen der Weizenfelder von Missouri.

PEKING: Peiping. Die nördliche Hauptstadt. Tientsins große ältere Schwester.

SHANHAIKWAN: Die Stadt am nördlichen Ende der Großen Mauer.

STADT MIT LEHMHÜTTEN UND DUNKELHÄUTIGEN MENSCHEN: Nicht identifiziert.

WOLDERCAN: Eine Hieroglyphe auf einer Tonscherbe.

VII. Die Statuen, Figurinen, Artefakte und Idole

YOTTLE: Bronze.
KATE: Karneolchalzedon.
SPHINX (IM BESITZ VON MRS. ROGERS): Terracotta.
SPHINX (STUDIENOBJEKT VON WINCKELMANN): Elfenbein.
SPHINX (IN ÄGYPTEN): Sandstein.
EIN ANONYMER MANN: Sandstein.
ELF ANONYME ZUSCHAUER: Quarz.
ZEHN BETRUNKENE MATROSEN: Quarz und Schiefer.
DER BUDDHA: Jade.
DAS KRUZIFIX: Gold.
CHIMÄRE (ALEXANDRIA): Fetzen, Ton, Haut, Knochen.
CHIMÄRE (TIBET): Porzellan.
CHIMÄRE (KUBLAIS BESITZ): Bronze.
EPHESISCHE DIANA: Rosenholz.
LINGAM: Nußbaum.
YOTTLES HEILIGE STREITAXT: Basalt.

VIII. Die offenen Fragen, Widersprüche und Unklarheiten

1. War es jetzt ein Bär oder ein Russe oder was?
2. Wenn die Seeschlange so giftig war, wie sie behauptete, warum hat sie dann die Chimäre nicht getötet, als die sie biß?
3. Warum ging Frank Tull nach der ganzen Streiterei mit seiner Frau nicht hin zu dem Bären und schaute nach, was das nun wirklich war?
4. Warum bediente sich Apollonius von Tyana, der beanspruchte, Jesus überlegen zu sein, des Kruzifixes, um Satan zu bannen?
5. Warum waren die beiden Collegebubis nicht sauer, als sie hinausgeworfen wurden?

6. Warum fiel Doktor Lao nichts Ungewöhnliches auf, als er Miss Agnes Birdsong und den Satyr in einer so kompromittierenden Position antraf?
7. Was hatte der tote Mann, den Apollonius wieder zum Leben erweckte, so Dringendes zu erledigen?
8. Was machte Mumbo Jumbo mit dem blonden nordischen Mädchen?
9. Wenn der Zirkus nicht über die Bahnlinie und nicht auf Lastwagen nach Abalone kam, wie dann?
10. Was wurde aus den elf Leuten, die zu Stein verwandelt wurden, als die Medusa ihre Augenbinde fallenließ?
11. Wenn Apollonius so ein großer Magier war, warum verschwendete er dann seine Begabung an einen kleinen Zirkus?
12. Die Überlieferung sagt uns, daß Chimären stets und immer weiblich sind; wie kommt es, daß Doktor Laos Exemplar männlich war?
13. War es vielleicht aus demselben Grund, daß Tu-jeng, als Doktor Lao dort den Satyr fing, eine Stadt in der Nähe der Großen Mauer war, während es jetzt ein Vorort von Tientsin ist?

IX. Das Essen

Schweinerippchen. Salat. Schinkenstückchen. Lammkoteletts. Grüne Pflaumen. Heu. Limonade. Enteneier. Knoblauch. Kleiner dicker brauner Junge. Bonbons. Zwiebeln. Kuchen. Pelikane. Trauben. Proteine. Schnekken. Bier. Schneegänse. Fisch und Muscheln. Karbohydrate. Fregattvogel. Butterfett. Hühnchen. Gänseleber. Meeresfrüchte. Polynesierin. Frösche. Bananen. Austern. Papa des braunen Jungen. Insekten. Pisang. Angelwürmer. Kleine Pflanzen. Eidechsen. Larven. Hot dogs. Klapperschlangen. Nudeln. Maische. Nüsse.

Tientsin/Tucson, 1929–1934

CIP-Kurztitelaufnahme der Deutschen Bibliothek

Finney, Charles G.:
Doktor Laos großer Zirkus/Charles G. Finney.
[Aus dem Amerikanischen übersetzt
von Joachim Kalka.] –
Stuttgart: Klett-Cotta, 1984.
(Hobbit Presse)
Einheitssachtitel: The circus of Doctor Lao <dt.>
ISBN 3-608-95165-2

Aus der Hobbit Presse – eine Auswahl:

Mervyn Peake:
Gormenghast
Aus dem Englischen übersetzt
von Annette Charpentier

Erstes Buch: Der junge Titus
536 Seiten, kart. im Schuber,
ISBN 3-608-95070-2

Zweites Buch: Im Schloß
550 Seiten, kart. im Schuber,
ISBN 3-608-95050-8

Drittes Buch:
Der letzte Lord Groan
285 Seiten, kart. im Schuber,
ISBN 3-608-95051-6

Garci Ordoñez de Montalvo
Amadis von Gallien
Aus dem Spanischen
übersetzt von F. R. Fries.
Zwei Bände, kart., im Schuber,
zusammen 619 Seiten.
ISBN 3-12-905790-0

J. R. R. Tolkien
Der Herr der Ringe
Aus dem Englischen übersetzt
von Margaret Carroux.
Wohlfeile kartonierte Ausgabe
Drei Bände im Schuber,
zusammen 1257 Seiten,
ISBN 3-608-95211-X

T. H. White
Der König auf Camelot
Aus dem Englischen
übersetzt von Rudolf Rocholl
Vier Bücher in zwei Bänden,
kart., im Schuber:
Band 1. 305 Seiten
ISBN 3-608-95076-1
Band 2. 334 Seiten
ISBN 3-608-95151-2

Evangeline Walton
Die vier Zweige des Mabinogi
Der Fürst von Annwn
Die Kinder Llyrs
Rhiannons Lied
Die Insel der Mächtigen
Aus dem Amerikanischen
übersetzt von Jürgen Schweier
763 Seiten, kart. im Schuber,
ISBN 3-608-95148-2

Ariano Suassuna
Der Stein des Reiches oder
Die Geschichte des
Fürsten vom Blut des
Geh-und-kehr-zurück
Heraldischer Volksroman
aus Brasilien.
Aus dem Brasilianischen
übersetzt und mit einem
Nachwort versehen
von Georg Rudolf Lind.
2 Bände, kart., im Schuber,
zusammen 922 Seiten,
ISBN 3-12-907520-8

Klett-Cotta